»Noch drei endlos lange Schultage bis zu den Sommerferien!«, stöhnte Franzi und blinzelte in die Sonne. »Wie soll ich das bloß überstehen?«

Marie zupfte ihr Bikinioberteil zurecht, griff nach dem Glas mit Eistee, das neben ihr im Gras stand, und trank es in einem Zug leer. »Ja, ich frage mich auch, warum man die Ferien nicht einfach um eine Woche vorverlegen kann. An den letzten Schultagen läuft doch sowieso nichts mehr. Völlig vertane Zeit!«

Kim gähnte und betrachtete träge eine Wespe, die um den Kirschkuchen herumschwirrte, den Franzis Mutter ihnen vorhin nach draußen gebracht hatte. Frau Winkler backte eindeutig den besten Kuchen der ganzen Stadt, darum war auch nur noch ein einziges Stück übrig. Kim überlegte kurz, ob sie es essen sollte, entschied sich dann aber dagegen. Sie hatte schließlich schon zwei Kuchenstücke verdrückt. Wenn sie so weiterfutterte, würde sie bald nicht mehr in ihren Badeanzug passen.

Es war ein ausgesprochen heißer Sommernachmittag. Die drei !!! hatten es sich in Franzis

Garten auf der Wiese hinter dem alten Pferdeschuppen bequem gemacht, räkelten sich auf einer Decke und ließen sich von der Sonne braten.

»Ich weiß gar nicht, was ihr habt.« Kim richtete sich auf, suchte in ihrem Rucksack nach der Sonnencreme und schmierte sich sorgfältig ein. »Ist doch ganz nett, mal ein paar Tage völlig stressfrei in die Schule zu gehen. Morgen gucken wir in Deutsch einen Film, in Mathe spielen wir Vier-Ecken-Raten und in der Sportstunde fahren wir ins Freibad.«

»Du Glückliche«, seufzte Franzi. »Frau Pauli macht garantiert bis zur letzten Sekunde Unterricht.« Sie setzte ihre Sonnenbrille auf und goss ihren Freundinnen Eistee nach. »Ich schlage drei Kreuze, wenn es am Mittwoch nach der letzten Stunde endlich klingelt. Sechs Wochen Ferien – das ist fast zu schön, um wahr zu sein. Und das Beste ist, dass wir die ersten vierzehn Tage gemeinsam verbringen. Ist euch eigentlich klar, dass wir heute in einer Woche schon an der Nordsee am Strand liegen? Wenn ich mich konzentriere, kann ich fast das Meer rauschen hören ...« Franzi schloss für einen Moment die Augen und machte ein verzücktes Gesicht.

Marie warf ihr einen spöttischen Blick zu und prustete los. »Leidest du vielleicht unter akutem Ohrensausen? Ich höre nämlich absolut nichts!«

Auf Franzis Stirn erschien eine steile Falte. »Du hast eben keinen Sinn für so was. Ich finde das Meer toll. Wir haben echt Glück gehabt, noch drei Plätze für das Sommercamp ergattert zu haben. Gestern hab ich im Jugendzentrum am Schwarzen Brett gelesen, dass das Camp ausgebucht ist. Habt ihr euch mal das Sportangebot angeguckt? Steht alles im Internet auf der Sommercamp-Homepage. Total super! Ich mache auf jeden Fall beim Surfkurs mit. Vielleicht auch beim Segeln. Und Schnorcheln wird ebenfalls angeboten ...«

»Na toll.« Marie klang alles andere als begeistert. »Genauso hab ich mir meine Sommerferien vorgestellt. Zwei Wochen mit lauter verrückten Sportfreaks.«

»Keine Sorge, ich bin schließlich auch noch da.« Kim legte die Sonnencremeflasche weg und zwinkerte Marie zu. »Und ich belege garantiert keinen einzigen Sportkurs, darauf kannst du Gift nehmen!« Auch wenn Kim durch die regelmäßigen Joggingrunden mit Franzi und Marie schon wesentlich fitter geworden war, gehörte Sport immer noch nicht zu ihren Lieblingsbeschäftigungen. »Während Franzi surft, segelt und schnorchelt, werden wir uns von morgens bis abends am Strand aalen, ein bisschen baden, lesen und ganz viel faulenzen.«

»Das klingt schon besser.« Marie grinste, aber

so richtig überzeugt sah sie immer noch nicht aus. »Hauptsache, es gibt vernünftige Duschen und die Betten sind halbwegs bequem. Von zu harten Matratzen kriege ich immer sofort Rückenschmerzen. Und das Essen ist in Jugendherbergen ja meistens auch nicht besonders gut ...«

»Betten?«, fragte Kim verwirrt. »Was für Betten? Ich dachte, wir zelten.«

»Wie bitte?« Marie riss entsetzt die Augen auf. »Das ist jetzt nicht dein Ernst, oder? Ich soll *zelten?*«

»Ups!« Franzi machte ein schuldbewusstes Gesicht. »Das hab ich wohl glatt vergessen, dir zu sagen. Das Sommercamp findet zwar auf dem Gelände einer Jugendherberge statt, aber alle Campteilnehmer schlafen in Zelten. Der Zeltplatz ist mitten in den Dünen, gleich hinter dem Strand. Im Internet stehen ein paar Fotos, sieht echt schön aus. Wenn du erst mal da bist, willst du bestimmt gar nicht wieder weg ...«

»Du Biest!« Marie wurde rot vor Zorn und stürzte sich auf Franzi. »Das hast du mit Absicht gemacht! Du wusstest ganz genau, dass ich nie im Leben freiwillig an einem Zeltlager teilnehmen würde! Na warte, das wirst du mir büßen!« Sie versuchte, mit einer Hand Franzis Arme festzuhalten, während sie mit der anderen Hand begann, ihre Freundin durchzukitzeln. Franzi quiekte in den höchsten Tönen und strampelte wild mit den Beinen. »Hör sofort auf!«, keuchte sie. »Ich krieg keine Luft mehr ... Ich hab's doch nur gut gemeint ...«

»Gut gemeint? Dass ich nicht lache!« Marie kitzelte Franzi unbarmherzig weiter. »Deinetwegen muss ich jetzt zwei Wochen meiner kostbaren Sommerferien in einem sandigen Zelt verbringen. Wahrscheinlich gibt's da haufenweise Flöhe und anderes Ungeziefer. Und jeden Abend Erbsensuppe aus der Dose – igitt! Dabei hätte ich mit meinem Vater nach Ibiza fliegen können. In ein Fünfsternehotel mit riesigem Pool. Ich darf gar nicht daran denken!«

Franzi war inzwischen knallrot angelaufen und schnappte nach Luft. Kim beschloss einzugreifen, ehe es Tote gab.

»Franzi hat dir das mit dem Zelten sicher nicht aus böser Absicht verschwiegen«, sagte sie diplomatisch. »Und jetzt tut es ihr bestimmt furchtbar leid. Oder, Franzi?«

»Ja ... und wie ...«, keuchte Franzi.

Marie stellte ihre Kitzelattacke ein und ließ sich zurück auf die Decke fallen. Sie sah immer noch ziemlich beleidigt aus.

Franzi setzte sich auf und atmete ein paarmal tief durch. Dann warf sie Marie einen unsicheren Blick zu. »He, bist du jetzt etwa richtig sauer auf mich?«

Marie zuckte mit den Schultern und antwortete nicht.

Franzi seufzte. »Tut mir echt leid! Ich wollte dich nicht ärgern. Aber als du letztens von dem Traumurlaub auf Ibiza erzählt hast, den dein Vater plant, dachte ich, es wäre vielleicht besser, die Sache mit dem Zelten nicht zu erwähnen ... Sonst wärst du garantiert nicht mitgekommen, oder? Und ich wollte doch nur ... na ja ...« Franzi zögerte.

»Was wolltest du?« Marie sah ihre Freundin aus kühlen blauen Augen an.

»Ich wollte, dass wir zusammen ins Sommercamp fahren«, fuhr Franzi fort und wurde rot. »Alle drei. Ohne dich macht es doch gar keinen Spaß. Aber jetzt bläst du die ganze Aktion bestimmt ab und düst mit deinem Vater doch noch nach Ibiza. Na ja, ich kann's dir nicht verdenken. Wenn ich die Wahl hätte zwischen Luxus auf Ibiza und Zelten an der Nordsee, würde ich mich wahrscheinlich genauso entscheiden ...« Franzis Stimme wurde immer leiser, und sie ließ den Kopf hängen.

Marie schwieg einen Moment, dann seufzte sie. »Weißt du was? Du bist echt eine dumme Nuss, Franziska Winkler! Manchmal könnte ich dich glatt erwürgen.«

»Ich weiß«, murmelte Franzi kleinlaut.

»Glaubst du im Ernst, ich langweile mich lieber mit meinem Vater auf Ibiza zu Tode, als mit euch in die Ferien zu fahren?« Marie schnaubte verächtlich. »Dann bist du wirklich noch verrückter, als ich dachte.«

Franzi hob mit einem Ruck den Kopf. »Heißt das, du kommst mit ins Sommercamp?«

Marie nickte. »Und ob! Ohne mich seid ihr doch total aufgeschmissen.« Sie strich sich zufrieden über ihren flachen, sanft gebräunten Bauch. »Und meinen Luxuskörper kann ich an der Nordsee genauso gut bräunen wie auf Ibiza. Strand ist schließlich Strand, stimmt's?«

»Stimmt!« Franzi fiel ihrer Freundin erleichtert um den Hals. »Mann, du hast mir vielleicht einen Schreck eingejagt!«

Marie grinste. »Strafe muss sein.«

Kim sprang auf. »Damit ist unser erster gemeinsamer Urlaub beschlossene Sache. Das sollten wir unbedingt mit unserem Schwur besiegeln.«

Marie und Franzi erhoben sich. Die drei Freundinnen stellten sich im Kreis auf, streckten die Arme aus und legten die Hände übereinander. Dann riefen sie im Chor: »Die drei !!!«

»Eins«, flüsterte Kim, »zwei!«, murmelte Franzi, »drei!«, sagte Marie. Zum Schluss hoben sie gleichzeitig die Hände in die Luft und riefen: »POWER!«

Detektivtagebuch von Kim Jülich
Mittwoch, 21:08 Uhr

Endlich ist es so weit, der letzte Schultag ist überstanden. Wir haben Sommerferien!!! Mein Zeugnis ist zum Glück ganz gut ausgefallen, sodass Mama nicht meckern konnte. Ganz im Gegensatz zu den Zeugnissen von Ben und Lukas. Die beiden sind stinkfaul und haben außer Fußball höchstens noch dumme Flausen im Kopf. Immerhin haben sie mit Ach und Krach die Versetzung aufs Gymnasium geschafft. Mama war trotzdem alles andere als zufrieden und hat ihnen heute Mittag erst mal eine lange Standpauke gehalten. Geschieht den beiden Nervensägen recht!

Aber im Grunde ist es mir völlig egal, wie die Zeugnisse meiner Zwillingsbrüder aussehen. Das Einzige, woran ich im Moment denken kann, ist unsere bevorstehende Reise an die Nordsee. Morgen früh um 08:01 Uhr fährt unser Zug. Ich freu mich schon riesig! Franzi, Marie und ich werden bestimmt eine super Zeit haben.

Tja, und darum wird das auch vorerst der letzte Eintrag in mein Computer-Tagebuch sein. In der Jugendherberge gibt es keinen Computerraum und Mama hat mir nicht erlaubt, ihren Laptop mitzunehmen. Sie hat Angst, dass Sand hineinkommt und er kaputtgeht. Aber eigentlich benötigen wir auch keinen Computer, denn wir haben beschlossen, die Detektivarbeit in den Sommerferien ausnahmsweise mal ruhen zu lassen. Auch die fleißigsten Detektivinnen brauchen hin und wieder eine Pause. Und fleißig waren wir in letzter Zeit wirklich! Ich kann's immer noch kaum glauben, dass wir schon sieben Fälle erfolgreich gelöst haben, seit wir unseren Detektivclub gegründet haben. Nicht schlecht, oder?! Das hat zwar superviel Spaß gemacht, war aber auch ganz schön stressig.

Inzwischen ist der Detektivclub leider nicht mehr ganz so geheim wie am Anfang. Vor allem unser letzter Fall hat für ganz schönes Aufsehen gesorgt. Danach sind wir in der Schule andauernd von irgendwelchen Leuten darauf angesprochen worden. Das war vielleicht ein Rummel! Eine Weile ist es ja ganz nett, von seinen Mitschülern bewundert zu werden, aber auf Dauer nervt das echt. Ich hoffe, dass sich die Lage während der Sommerferien etwas beruhigt und wir im neuen Schuljahr wieder in Ruhe ermitteln können.

Beim letzten Fall hatten wir außerdem ziemliche Probleme mit einem nervigen Fan. Diese Sabrina war so begeistert von unserem Detektivclub, dass sie uns ständig nachgelaufen ist, um in unserer Nähe sein zu können. Ist das nicht total verrückt? Zum Glück hat sie inzwischen eingesehen, dass das eine total dämliche Aktion war, und lässt uns seitdem in Ruhe. Manchmal kann Erfolg ganz schön anstrengend sein!

Darum freue ich mich umso mehr auf das Sommercamp. In den nächsten zwei Wochen ist nichts als Erholung angesagt. Juchhu!

Hiermit erkläre ich das Detektivbüro für vorübergehend geschlossen. Die drei !!! machen Ferien!

Geheimes Tagebuch von Kim Jülich
Mittwoch, 21:31 Uhr

Warnung: Lesen für Unbefugte
(alle außer Kim Jülich) streng verboten!
Vor allem für Ben und Lukas – wehe,
ihr fummelt an meinem Computer herum,
während ich weg bin!
Dann könnt ihr was erleben,
ihr neugierigen, kleinen Nervkröten!!!

Obwohl ich mich total auf die Ferien freue, gibt es eine Sache, die mich ziemlich fertigmacht: Ich werde Michi zwei Wochen lang nicht sehen! Das ist mir erst heute Nachmittag so richtig klar geworden, als ich mit Franzi und Marie im Café Lomo saß, um auf den letzten Schultag anzustoßen. Plötzlich tauchte Michi auf und sein Lächeln hat mich mal wieder fast vom Sessel gehauen. Der Typ ist einfach zu süß für diese Welt.

Wir haben ein bisschen gequatscht und über die Ferien geredet – es war supernett. Hinterher hat mich Michi sogar noch auf seinem Mofa nach Hause gebracht. Ich habe es natürlich total genossen, eng an ihn geschmiegt durch die Straßen zu brausen. Na ja, wenn man das überhaupt ›brausen‹ nennen kann, Michis Mofa ist nämlich nicht gerade das schnellste. Eigentlich tuckert es eher durch die Gegend. Trotzdem war ich wunschlos glücklich – bis wir vor unserem Haus anhielten und uns verabschieden mussten. Da hätte ich mich am liebsten in Michis Arme geworfen und ihn nie wieder losgelassen. Zum Glück konnte ich mich im letzten Moment beherrschen.

Ich glaube, Michi ging unser Abschied auch ziemlich nahe. Er hat mich gefragt, ob ich ihm eine Postkarte schreibe, und ich hab es ihm versprochen. Dann hat er seinen Helm abgenommen und mir einen Kuss auf die Wange gegeben. Das hat er noch nie gemacht! Seine Lippen waren total weich und ich bin beinahe dahingeschmolzen. Am liebsten hätte ich die Zeit angehalten und diesen Moment ewig in die Länge gezogen.

Leider tauchten die nervigen Zwillinge genau im falschen Augenblick auf. Sie haben ein untrügliches Gespür dafür, wann sie am meisten stören. Ben streckte mir die Zunge heraus und Lukas wollte wissen, wie schnell Michis Mofa fährt – da war die romantische Stimmung natürlich dahin. Aber wenn ich die Augen schließe, kann ich immer noch Michis Lippen auf meiner Wange spüren …

Michi – wie soll ich es nur zwei Wochen ohne dich aushalten?

Auf ans Meer!

»Willst du dir nicht ein paar belegte Brote für die Fahrt machen?«, fragte Frau Jülich und köpfte ihr Frühstücksei. »Ihr sitzt schließlich ganz schön lange im Zug.«

Kim schüttelte den Kopf. »Marie bringt Brötchen mit und Franzi einen Kuchen von ihrer Mutter. Ich bin für die Getränke zuständig.«

»Und für die Süßigkeiten, stimmt's?«, sagte Lukas und schnappte sich das Nutellaglas. »Kims ganzer Koffer ist nämlich voller Schokolade und Gummibärchen.«

Frau Jülich runzelte die Stirn. »Tatsächlich? Du solltest wirklich nicht so viel Süßes essen, Schatz, das ist gar nicht gesund. Warum nimmst du nicht lieber ein paar Äpfel mit?«

Ben grinste. »Genau! Die alte Planschkuh ist schließlich schon fett genug.«

Kim wurde rot vor Wut: »Halt die Klappe, du Zwerg! Ich bin überhaupt nicht fett!« Sie warf den Zwillingen einen ärgerlichen Blick zu. »Habt ihr etwa in meinem Koffer gewühlt? Ihr spinnt wohl! Das geht echt zu weit.«

Lukas leckte genüsslich die Schokocreme von

seinem Messer. »Reg dich ab. Wir wollten nur sichergehen, dass du nichts vergessen hast.«

»Leg sofort das Messer weg, Lukas«, befahl Frau Jülich streng. »Was sind denn das für Manieren? Außerdem wisst ihr doch, dass ihr in Kims Zimmer nichts zu suchen habt.« Dann wandte sie sich an ihre Tochter. »Soll ich dir etwas Obst einpacken? Oder ein paar Müsliriegel?«

»Ich hasse Müsliriegel, das weißt du ganz genau«, murmelte Kim genervt. Warum musste sich ihre Mutter eigentlich ständig in ihre Ernährungsgewohnheiten einmischen?

»He, hört euch das an!« Herr Jülich, der bisher ganz in die Morgenzeitung vertieft gewesen war, begann einen Artikel laut vorzulesen: *»Juwelenraub in Hamburg immer noch nicht aufgeklärt. Auch drei Monate nach dem dreisten Überfall auf ein bekanntes Juweliergeschäft in der Hamburger Innenstadt gibt es von den Tätern keine Spur. Uhren, Schmuck und Edelsteine im Wert von mehreren Hunderttausend Euro blieben bisher ebenfalls wie vom Erdboden verschluckt. Die Polizei erklärte gestern auf einer Pressekonferenz …«*

Der Rest ging in lautem Gebrüll unter. Ben hatte Lukas das Nutellaglas aus der Hand gerissen, woraufhin Lukas seinem Bruder einen Becher heißen Kakao über die Hose gegossen hatte. Frau Jülich sprang auf, um die beiden Streithähne zu trennen. Kim seufzte. Sie war froh, dass sie sich in den nächsten vierzehn Tagen ausnahmsweise einmal nicht mit den beiden Nervensägen herumärgern musste.

Ihr Vater ließ sich von dem allgemeinen Chaos um ihn herum nicht aus dem Konzept bringen. Er las in aller Ruhe den Artikel zu Ende und verkündete zufrieden: »Wenn ich so was höre, bin ich wirklich froh, dass ich in einem kleinen Familienbetrieb angestellt bin und nicht in einem von diesen noblen Großstadt-Juwelierläden. Da wird alle naselang eingebrochen – das ist doch schrecklich!«

Herr Jülich war Uhrmacher und interessierte sich für alles, was mit Uhren und Schmuck zu tun hatte. Sein absolutes Steckenpferd waren Kuckucksuhren. In seiner Freizeit verbrachte er Stunden in seiner Hobbywerkstatt und bastelte die ausgefallensten Modelle.

Kim warf einen Blick auf ihre Armbanduhr und stopfte sich schnell den Rest ihres Marmeladenbrotes in den Mund. »Mist, schon Viertel vor acht!«, nuschelte sie. »Wir müssen los, sonst verpasse ich noch den Zug.«

»Tschüss, Planschkuh!«, rief Ben, während Lukas wie ein Verrückter auf- und abhüpfte und heftig winkte. Dabei war der Zug noch gar nicht losgefahren.

Kim stand neben Franzi und Marie vor dem

letzten Wagen und ließ die Ermahnungen ihrer Mutter über sich ergehen.

»Ruf sofort an, wenn ihr da seid, okay? Und iss nicht nur Süßigkeiten, sondern auch mal was Vernünftiges. Hast du deinen Schlafsack dabei? Und die langen Unterhosen?«

Marie und Franzi kicherten.

»Mama!«, zischte Kim vorwurfsvoll und lief knallrot an. »Wir haben Hochsommer und es ist total heiß, was soll ich denn da mit langen Unterhosen?«

»Am Meer weht auch im Sommer ein ganz schön frischer Wind«, verteidigte sich Frau Jülich. »Aber wenn du dir unbedingt eine Blasenentzündung holen willst – bitte!«

Kim verdrehte die Augen. Zum Glück wurde in diesem Moment die Abfahrt des Zuges angekündigt.

»Wir müssen jetzt einsteigen«, sagte Kim erleichtert und umarmte ihre Mutter zum Abschied. Ben und Lukas schnitten wilde Grimassen und Kim streckte ihnen die Zunge heraus.

Auch Franzi verabschiedete sich von ihren Eltern, die sich im Gegensatz zu Kims Mutter dezent im Hintergrund hielten. Maries Vater war schon wieder losgedüst, weil in zwei Stunden sein Flug nach Ibiza ging. Kaum waren die drei !!! in den Wagen geklettert, schlossen sich auch schon die Türen und der Zug fuhr los.

»Das wurde aber auch Zeit«, seufzte Kim und winkte ihrer Mutter zu, die immer noch auf dem Bahnsteig stand und ein weißes Taschentuch schwenkte. »Dieses Theater hätte ich keine Sekunde länger ausgehalten.«

»Reg dich nicht auf.« Franzi grinste. »Ab sofort hast du zwei Wochen Ruhe vor deiner Familie.«

»Genau.« Kim machte ein zufriedenes Gesicht und griff nach ihrer Reisetasche. »Und das muss gefeiert werden, Leute. Jetzt suchen wir uns erst mal Plätze und dann gebe ich eine Runde Gummibärchen aus. Na, wie klingt das?«

»Hört sich gut an. Nordsee, wir kommen!« Marie schnappte sich ihren riesengroßen, knallroten Rollkoffer und das dazu passende Beautycase und steuerte zielsicher das nächste Abteil an.

»Wie weit ist es denn noch?«, jammerte Marie und wischte sich den Schweiß von der Stirn. »Mein Arm ist schon ganz lahm!« Da der Weg von der Bushaltestelle zur Jugendherberge nur aus weichem Sand bestand, musste sie ihren Rollkoffer tragen, was bei dem großen Ding nicht ganz einfach war.

»Soll ich dir helfen?«, bot Kim an. Sie griff nach dem Koffer, ließ ihn aber sofort wieder fallen. »Mann, ist der schwer! Was hast du denn da drin? Wackersteine? Oder Hanteln für dein Muskeltraining?«

»Weder noch.« Marie machte ein beleidigtes Gesicht. »Ich hab nur das Nötigste eingepackt. Badesachen, ein paar Hosen, T-Shirts, Kleider, sechs Paar Schuhe und natürlich mein Schminkzeug.«

Franzi schnaubte verächtlich. Sie hatte nur einen kleinen Rucksack dabei, auf den ihr Schlafsack geschnallt war. Dafür trug sie den Beutel mit dem Dreipersonenzelt, das sie sich von ihrem Bruder Stefan geliehen hatte. »Was willst du denn mit dem ganzen Kram? Wir fahren ins Zeltlager, nicht auf eine Modenschau!«

»Ob du's glaubst oder nicht, das ist mir schmerzlich bewusst«, entgegnete Marie spitz.

Kim seufzte. Es war heiß, die Sonne knallte unbarmherzig vom Himmel, und sie waren nach der langen Fahrt mit Zug und Bus alle drei ziemlich geschafft. Ehe Marie und Franzi anfangen konnten, sich zu streiten, zeigte sie auf ein verwittertes Holzschild am Wegesrand. »Seht mal! *Jugendherberge Dünensand – 500 Meter.* Na also, wir haben es fast geschafft!«

»*Jugendherberge Dünensand* – das passt ja wie die Faust aufs Auge«, murmelte Marie, während sie ihren Rollkoffer mit Todesverachtung weiter durch den weichen Sand zerrte.

Kurze Zeit später lag die Jugendherberge vor

ihnen. Mehrere rote Backsteingebäude ragten zwischen sanften Dünen auf. Sie wurden durch schmale, gepflasterte Wege miteinander verbunden. Überall wuchsen dichte Heckenrosensträucher.

Franzi blieb stehen und ließ ihren Blick über das Gelände schweifen. »Na also, was hab ich gesagt? Sieht doch richtig nett aus!«

Kim nickte. »Stimmt. Und zum Sommercamp geht's da entlang.« Sie zeigte auf einen roten Pfeil aus Pappe, der an einem Zaun hing.

Die Mädchen überquerten das hügelige Gelände. Als sie die Gebäude hinter sich gelassen hatten, folgten sie den Schildern über einen Holzsteg weiter in die Dünen hinein. In einer Senke tauchten plötzlich mehrere bunte Zelte vor ihnen auf.

»Das muss es sein«, stellte Kim fest.

Marie seufzte erleichtert. »Na endlich! Noch ein paar Meter, und ich hätte meinen Koffer in die Heckenrosen geworfen.«

Als sie das Camp betraten, kam eine junge Frau mit kurzen, dunklen Haaren auf sie zu. Sie hielt ein Klemmbrett in der Hand und lächelte die Mädchen an. »Hallo! Herzlich willkommen im Sommercamp. Ich bin Tatjana, eine der Betreuerinnen. Und wer seid ihr?«

Franzi stellte sich, Kim und Marie vor und Tatjana hakte ihre Namen auf der Teilnehmerliste ab.

»Ihr könnt euer Zelt dort hinten aufschlagen.« Tatjana zeigte auf einen freien Platz am Rand des Camps. »Um sieben Uhr gibt es Abendbrot im Speisesaal der Jugendherberge, bis dahin könnt ihr euch noch ein bisschen umschauen. Zum Strand geht's da entlang.« Sie deutete zum Holzsteg hinüber, auf dem die Mädchen gekommen waren. Er führte weiter in Richtung Meer. »Bitte bleibt immer auf den Wegen und lauft nicht in die Dünen hinein. Der Dünenschutz hat hier an der Küste oberste Priorität.«

Die drei !!! nickten. »Alles klar«, sagte Franzi. »Dann bis später.«

Tatjana winkte ihnen noch einmal zu und verschwand zwischen den Zelten.

»Na, dann wollen wir mal.« Franzi steuerte den freien Platz an, den die Betreuerin ihnen gezeigt hatte, und lud ihr Gepäck ab. »Hat eine von euch schon mal ein Zelt aufgebaut?«

»Also, ich nicht«, sagte Kim.

Marie ließ ihren Koffer in den Sand plumpsen. »Ich auch nicht. Aber das kann schließlich nicht so schwer sein, oder?«

Eine halbe Stunde später hockten die drei !!! zwischen einem scheinbar unentwirrbaren Chaos aus Zeltplanen, Schnüren und leicht angerosteten Metallstangen.

»Von wegen, das kann nicht so schwer sein«,

seufzte Kim. »Wenn das so weitergeht, müssen wir heute Nacht unter freiem Himmel schlafen.«

»Unsinn, wir schaffen das schon. Stefan meinte, das Zelt ließe sich total einfach aufbauen.« Franzi steckte zwei Metallstangen zusammen und krabbelte unter die Plane. »Ich glaube, wir müssen zuerst die Stangen aufstellen. Fragt sich nur, wo die hingehören.« Kurze Zeit später spannte sich die Plane zwischen zwei Stangen und Franzi tauchte mit hochrotem Gesicht wieder auf. »Mann, da drinnen kriegt man kaum Luft.« Sie betrachtete zufrieden ihr Werk. »Na also, sieht doch schon richtig gut aus. Jetzt müssen wir nur noch die Schnüre mit den Heringen befestigen und …« Bei diesen Worten neigte sich das Zelt langsam zur Seite und fiel schließlich ganz in sich zusammen. »So ein Mist!«, schimpfte Franzi.

Marie kicherte. »Super! Du bist wirklich die geborene Camperin.«

Franzi runzelte ärgerlich die Stirn. »Mach's doch besser, wenn du kannst, statt immer nur herumzumeckern.«

In diesem Moment erschienen zwei Jungen auf dem Holzsteg. Sie kamen offensichtlich vom Strand und schlenderten auf das Nachbarzelt zu. Der eine, ein drahtiger, dunkelhaariger Typ, warf einen Blick auf das Durcheinander zu

Franzis Füßen und grinste spöttisch. »Noch nie ein Zelt aufgebaut, was? Braucht ihr Hilfe?«

Marie warf ihre langen Haare über die Schulter zurück und schüttelte den Kopf. »Nein danke, wir kommen schon klar.«

Der andere Junge war groß und schlaksig. Seine weizenblonden Haare leuchteten in der Sonne. Er lächelte Marie zu. »Ach was, keine Widerrede. Wir helfen euch, dann geht's schneller. Ich bin übrigens Klaus und das ist Felix.« Er zeigte auf seinen Freund, der sich bereits an der Plane zu schaffen machte. Ehe die drei !!! protestieren konnten, war Felix auch schon unter die Plane gekrochen und Klaus reichte ihm die Metallstangen. In null Komma nichts hatten die Jungs das Zelt aufgebaut.

»Super, vielen Dank.« Kim lächelte ihren beiden Helfern zu. »Wir hätten das nie so schnell geschafft.«

»Kein Problem.« Felix winkte ab. »Diese alten Zelte mit Schnüren und Heringen sind wirklich nicht ganz einfach aufzubauen. Für die nächste Campingtour solltet ihr euch unbedingt ein Iglu-Zelt zulegen.«

Klaus hatte nur Augen für Marie. »Wenn wir euch sonst noch irgendwie helfen können, sagt einfach Bescheid. Wir wohnen ja gleich nebenan.« Er zeigte auf das Nachbarzelt und schenkte Marie ein strahlendes Lächeln.

»Danke, das wird sicher nicht nötig sein.« Maries Stimme klang kühl. »Und jetzt entschuldigt uns, wir wollen vor dem Abendessen noch ein bisschen die Gegend erkunden.«

»Warum hast du diesen Klaus denn so abblitzen lassen?«, fragte Franzi, als die drei !!! auf dem Holzsteg in Richtung Jugendherberge schlenderten. »Er schien doch ganz nett zu sein. Und ich glaube, er steht auf dich.« Sie grinste.

Marie schnaubte verächtlich. »Was soll ich denn mit so einem Milchbubi anfangen? Die beiden waren doch höchstens fünfzehn! In diesem Alter sind Jungs einfach noch furchtbar unreif.«

Franzi zuckte mit den Schultern. »Also, ich fand sie ganz nett. Vor allem Felix ...«

Kim lachte. »Marie steht eben mehr auf ältere Typen. Vor allem, wenn sie Stefan heißen ...«

Marie zuckte zusammen und wurde rot. »Unsinn! Mit Stefan hat das überhaupt nichts zu tun. Ich hab nur keine Lust, dass mir dieser Klaus die ganze Zeit nachläuft. Ich will einfach meine Ruhe haben, sonst nichts.«

»Schon klar.« Kim beschloss, das Thema Stefan lieber fallen zu lassen. Es war ein offenes Geheimnis, dass Marie in Franzis älteren Bruder verliebt war. Da sie bei ihm aber leider keine allzu großen Chancen hatte, wurde Marie nicht gerne darauf angesprochen.

»Kommt schon, Mädels!« Franzi hakte sich bei ihren Freundinnen unter. »Jetzt schauen wir uns erst mal an, wo wir hier gelandet sind.«

Das Gelände war sehr weitläufig und ausgesprochen hübsch gelegen. Kim atmete die salzige Seeluft ein und fühlte sich sofort wohl. Hier konnte man es ohne Probleme zwei Wochen aushalten.

Im Hauptgebäude der Jugendherberge befanden sich der Speisesaal und ein Aufenthaltsraum. In einem Seitengebäude waren die Duschen und Toiletten untergebracht. Sogar Marie musste zugeben, dass alles sehr sauber und ordentlich war. Nur beim Anblick des Speiseplans verzog sie das Gesicht.

»Was hab ich euch gesagt?«, schimpfte sie. »Es gibt Erbsensuppe zum Abendbrot! Igitt!«

Franzi lachte und stieß sie mit dem Ellbogen in die Seite. »Jetzt stell dich mal nicht so an. Du wirst es überleben, glaub mir.«

Das Abendbrot fand im großen Speisesaal statt und die drei !!! beäugten neugierig die anderen Campteilnehmer. Es waren ungefähr zwanzig Jungs und Mädchen, die aus ganz Deutschland an die Nordsee gereist waren. Tatjana begrüßte noch einmal die Anwesenden und kündigte an, dass nachher am Lagerfeuer eine Vorstellungsrunde stattfinden würde, bei der sich die Gruppe besser kennenlernen könnte. Dann wurde die Suppe aufgetragen und alle stürzten sich heißhungrig auf die dampfenden Schüsseln. Alle bis auf Marie, die sich mit leicht angeekeltem Gesichtsausdruck nur eine winzige Portion Erbsensuppe nahm. Kim verdrückte dafür die doppelte Menge und langte auch beim Nachtisch kräftig zu: Vanillepudding mit Himbeeren, eins ihrer absoluten Lieblingsgerichte.

»Wenn das Essen hier immer so gut ist, wiege ich nach den Ferien mindestens drei Kilo mehr«, seufzte sie und hielt sich den Bauch.

»Ach, was soll's.« Franzi nahm sich noch eine Portion Pudding. »Seeluft macht eben hungrig.«

»Seid ihr endlich so weit?« Marie war schon lange fertig und trommelte ungeduldig mit den Fingerspitzen auf die Tischplatte. »Wir sind beinahe die Letzten. Wenn wir uns nicht beeilen, verpassen wir die Vorstellungsrunde am Lagerfeuer.«

»Nur keine Hektik.« Franzi aß in aller Ruhe ihren Pudding zu Ende und kratzte gründlich das Schälchen aus. »Ohne uns fangen die bestimmt nicht an.«

Kurze Zeit später liefen die drei !!! zwischen den Jugendherbergsgebäuden zurück zum Camp. Kim blieb etwas zurück und genoss die letzten Sonnenstrahlen. Der Wind hatte aufgefrischt und blies ihr die Haare ins Gesicht. Es roch nach

Meer und Salz. Wolkenfetzen jagten über den Himmel und ein Hauch von Abenteuer lag in der Luft.

Plötzlich erschien direkt vor Kim ein dunkler Schatten. Er tauchte völlig unerwartet hinter einem alten Schuppen auf, dem letzten Gebäude, bevor die Dünen begannen. Kim zuckte zusammen. Sie konnte gerade noch ausweichen, fast wäre sie in die Gestalt hineingelaufen. Es war ein alter Mann mit weißem, wirrem Haar, einem stoppeligen Bart und einem Gesicht voller tiefer Furchen. Er hielt sich gebeugt und hatte einen leichten Buckel.

Wie Quasimodo, der unheimliche Bucklige aus *Der Glöckner von Notre-Dame,* schoss es Kim durch den Kopf. Sie hatte den Film, in dem es um einen buckligen Mann geht, der im Paris des Mittelalters alles dafür tut, um die schöne Zigeunerin Esmeralda zu retten, vor Kurzem im Fernsehen gesehen. Quasimodo hatte ihr gleichzeitig leidgetan und Angst eingejagt. Genauso wie dieser merkwürdige Alte, der ihr jetzt den Weg verstellte. Seine blauen Augen leuchteten überraschend hell und klar in seinem faltigen Gesicht. Sein Blick war so stechend, dass Kim richtig heiß wurde. Aber sie konnte trotzdem nicht wegschauen, der Blick des Alten hielt sie regelrecht gefangen. Kims Herz schlug schneller und ihr Mund war plötzlich ganz trocken. Panik stieg in ihr auf, obwohl es dafür eigentlich nicht den geringsten Grund gab. Am liebsten wäre sie weggerannt, aber ihre Füße schienen am Boden festgewachsen zu sein.

»Kim, wo bleibst du denn?« Maries ungeduldige Stimme, die wie aus weiter Ferne an Kims Ohren drang, brach den unheimlichen Bann.

»Aus dem Weg, du dummes Ding«, grunzte Quasimodo, stieß Kim zur Seite und humpelte in Richtung Hauptgebäude davon.

Kim sah ihm noch einen Moment nach. Dann lief sie schnell zu ihren Freundinnen, die weiter vorne auf sie warteten.

»Was war denn los?«, fragte Franzi. »Wollte der Typ was von dir?«

Kim schüttelte den Kopf und versuchte zu lächeln. »Nein, alles in Ordnung.«

Aber auch die frische Meeresbrise konnte das ungute Gefühl in Kims Magengegend nicht vertreiben. Erst als sie das beleuchtete Camp betraten, verschwand die Gänsehaut allmählich, die Kim beim Anblick des unheimlichen Alten über den Rücken gekrochen war.

Neue Bekanntschaften

»... he, ho, und 'ne Buddel voll Rum«, schallte es lautstark aus dreißig Kehlen. Kim summte nur ganz leise mit. Sie sang höchstens morgens unter der Dusche laut – wenn es niemand hören konnte.

Als das Lied zu Ende war, klatschten und johlten alle. Die Stimmung am Lagerfeuer hatte eindeutig ihren Höhepunkt erreicht. Die Sonne war schon vor einiger Zeit hinter den Dünen untergegangen und vereinzelte Funken stoben in den dunklen Nachthimmel. Fünfundzwanzig Jugendliche und mehrere Betreuer saßen auf Holzbänken um das flackernde Feuer. Vorhin hatte es eine Vorstellungsrunde gegeben, aber Kim hatte sich nicht alle Namen auf Anhieb merken können. Die Gruppe war bunt gemischt, es waren Jugendliche aus Hamburg, München, Berlin und vielen anderen Städten dabei. Die meisten schienen ganz okay zu sein. Bis auf zwei Mädchen aus Berlin, die Kim sofort unangenehm aufgefallen waren. Fiona und Mimi waren schon fünfzehn und kamen sich offenbar unheimlich toll vor. Beide trugen teure Designerklamotten und konnten mit ihrem sorgfältigen Styling sogar Marie Konkurrenz machen – und das wollte schon was heißen. Sie hatten einen Hauch Glitzerpuder auf ihren Gesichtern verteilt, die dadurch im Feuerschein geheimnisvoll schimmerten. »Echte Glamourgirls«, murmelte Franzi und Kim grinste.

»Berlin ist einfach eine total aufregende Stadt«, erzählte Fiona gerade und klimperte mit ihren dunkel getuschten Wimpern. »Da ist immer was los und die Clubs sind so was von cool.«

Mimi nickte eifrig. »Ganz abgesehen von den Shopping-Möglichkeiten. Einfach grenzenlos, sage ich euch!«

Ein paar jüngere Mädchen hörten den beiden bewundernd zu. Offensichtlich hatten die Glamourgirls bereits ihre ersten Fans gefunden. Kim gähnte und sah zu Marie hinüber, die gerade eifrig von Klaus angebaggert wurde.

»Weißt du eigentlich, dass du eine super Singstimme hast?«, fragte er und rückte dichter an Marie heran.

Aber Marie ließ sich von Klaus' Schmeicheleien nicht im Geringsten beeindrucken. »Allerdings. Ich nehme schließlich seit Jahren Gesangsunterricht. Später will ich eine berühmte Schauspielerin oder Sängerin werden.«

»Ehrlich? Super!« Klaus' Stimme triefte nur so

vor Bewunderung. »Du schaffst das bestimmt, das hab ich im Gefühl.«

»Ja, das glaube ich auch«, gab Marie selbstbewusst zurück. »Ich bin nämlich ziemlich gut.«

Kim grinste. Klaus schien bei Marie auf Granit zu beißen. Felix hingegen hatte offenbar mehr Glück als sein Freund. Gleich nach der Vorstellungsrunde hatte er damit begonnen, heftig mit Franzi zu flirten. Und Franzi flirtete begeistert zurück. Gerade tuschelten und kicherten die beiden wieder miteinander, aber Kim konnte nicht verstehen, worum es ging.

Kim gähnte noch einmal und erhob sich. Es war ein langer Tag gewesen und sie war müde. Außerdem waren ihre Freundinnen ja sowieso beide anderweitig beschäftigt. Und das dumme Gerede von Fiona und Mimi wollte sich Kim auch nicht länger anhören. Sie kam sich plötzlich ziemlich überflüssig vor.

»Ich verschwinde«, sagte sie. »Gute Nacht.«

»Schlaf gut!« Marie winkte ihr zu.

Franzi reagierte überhaupt nicht. Sie war ganz in das Gespräch mit Felix vertieft. Kim zuckte mit den Schultern und machte sich auf den Weg zu ihrem Zelt.

Am nächsten Morgen war Kim als Erste wach. Neben ihr lagen Marie und Franzi noch in seligem Schlummer. Sie waren gestern Abend erst spät in ihre Schlafsäcke gekrochen, so wie die meisten anderen Campteilnehmer auch. Draußen war noch kein Laut zu hören. Eine Weile lag Kim wach auf ihrer Isomatte und starrte an die Zeltdecke. Dann beschloss sie, die Zeit bis zum Frühstück für ein morgendliches Bad im Meer zu nutzen. Auf dem Weg zum Strand ließ sich Kim von der frischen Brise durchpusten und sog die klare Seeluft ein. Der Holzsteg war menschenleer. Nur das Schreien einiger Möwen, die über den Dünen kreisten, war zu hören.

Da fiel Kims Blick auf eine Gestalt, die in einiger Entfernung reglos in den Dünen stand. Erst hielt Kim sie für eine Art Vogelscheuche, aber dann bewegte sich die Gestalt und Kim erkannte, dass es ein Mann war. Er hatte ein Fernglas in der Hand und suchte damit die Gegend ab. Kim runzelte die Stirn. Was machte der Typ hier? Wusste er nicht, dass es verboten war, die Dünen abseits der ausgewiesenen Wege zu betreten? Und warum starrte er die ganze Zeit zum Zeltplatz hinüber? Beobachtete er etwa das Camp?

Unsinn! Kim schüttelte den Kopf. Der Mann war bestimmt nur ein harmloser Tourist, der frühmorgens ungestört Vögel beobachten wollte. Tatjana hatte gestern am Lagerfeuer erzählt, dass es hier an der Küste eine besonders große Artenvielfalt von Seevögeln gab. Kim musste beinahe über sich selbst lachen. Offenbar war ihr die Rolle der Detektivin inzwischen so in Fleisch und Blut übergegangen, dass sie schon mysteriöse Vorfälle sah, wo es gar keine gab. Keine Frage: Sie war eindeutig urlaubsreif. Kim wandte sich ab und ging zügig weiter in Richtung Strand.

Die Morgensonne schien hell von einem wolkenlosen Himmel, und als Kim oben auf der Düne angelangt war und auf den menschenleeren Strand und das weite, glitzernde Meer blickte, waren die schlechte Stimmung vom vergangenen Abend und ihre dunklen Vorahnungen vergessen. Kim hätte vor lauter Glück am liebsten laut geschrien. Sie ließ ihr Handtuch fallen, rannte zum Strand hinunter und stürzte sich in die Fluten. Das Wasser war eiskalt und prickelte herrlich erfrischend auf der Haut. Kim schwamm ein Stück hinaus und ließ sich dann auf dem Rücken treiben. Doch bald begann sie zu frösteln und beschloss, es am ersten Tag mit dem Baden lieber nicht zu übertreiben.

Als sie aus dem Wasser kam, merkte sie, dass sie nicht mehr alleine am Strand war. Neben ihrem Handtuch stand einer der Betreuer, ein junger Typ mit braunen Locken und offenem Gesichtsausdruck. Während Kim auf ihn zuging, versuchte sie, sich an seinen Namen zu erinnern. Thomas? Oder Thorsten? »Offenbar bin ich nicht der einzige Frühaufsteher im Camp«, sagte er zur Begrüßung und grinste Kim zu. »Ich bin

Tobias, falls du meinen Namen nicht mehr wissen solltest. Und du bist Kim, stimmt's?«

Kim nickte stumm. Erstaunlich, dass sich Tobias an ihren Namen erinnern konnte. Schließlich hatte sie gestern Abend am Lagerfeuer kaum ein Wort gesagt. Ihr fiel auf, dass sein Lächeln ausgesprochen sympathisch war.

»Ich wollte eine Runde surfen, ehe es Frühstück gibt«, erklärte Tobias und zeigte auf ein Surfbrett, das neben ihm im Sand lag. Er trug nur bunte Badeshorts, sodass Kim seinen muskulösen Oberkörper bewundern konnte. Der Typ sah wirklich nicht schlecht aus.

»Toll«, stieß Kim hervor und ärgerte sich darüber, dass ihre Stimme so piepsig klang.

»Bist du beim Surfkurs dabei?«, fragte Tobias. Kim schüttelte den Kopf und Tobias machte ein bedauerndes Gesicht. »Schade, den gebe nämlich ich. Surfen macht irre viel Spaß. Es ist ein tolles Gefühl, auf den Wellen dahinzugleiten ...«

»Ja, klingt echt super«, sagte Kim lahm. Einen Moment lang überlegte sie, ob sie sich doch noch für den Surfkurs anmelden sollte, verwarf die Idee aber sofort wieder. Dabei würde sie sich garantiert nur lächerlich machen.

»Da kommen deine Freundinnen, wenn mich nicht alles täuscht.« Tobias zeigte zum Holzsteg hinüber, auf dem gerade Marie und Franzi angetrabt kamen. Dann schnappte er sich sein

Surfbrett. »Ich leg dann mal los. Bis später, Kim.«

»Ja, bis später ...« Kim sah Tobias sehnsüchtig nach. Sie hätte sich gerne noch etwas länger mit ihm unterhalten.

»Guten Morgen!«, rief Franzi gut gelaunt.

»Morgen«, brummte Kim. »Seid ihr aus den Betten gefallen oder warum treibt ihr euch schon so früh hier herum?«

»Wieso? Stören wir etwa?« Franzi warf einen neugierigen Blick zu Tobias hinüber, der sich gerade mit seinem Surfbrett in die Fluten stürzte.

»Quatsch«, murmelte Kim.

»Ich sag's dir, ich spüre jeden einzelnen Knochen in meinem Körper«, jammerte Marie und rieb sich das Kreuz. »Mein Rücken tut so weh, dass ich nicht mehr schlafen konnte. Diese Isomatten sind einfach nichts für mich.«

»Du wirst dich schon noch dran gewöhnen«, gab Franzi ungerührt zurück. »So, und jetzt will ich ins Wasser.« Sie lief los und Marie folgte ihr immer noch leise stöhnend.

Kim wickelte sich in ihr Handtuch und schaute ein letztes Mal zum Meer. Tobias nahm gerade elegant die erste Welle auf seinem Surfbrett. Seine Locken flatterten im Wind. In der hellen Morgensonne sah er aus wie ein junger Gott. Kim seufzte und beschloss, sich erst einmal eine heiße Dusche zu gönnen.

Wer fürchtet sich schon vor Gespenstern?

Nach dem Frühstück zogen die Campteilnehmer mit Handtüchern, Sonnencreme und Badetaschen bepackt zum Strand. Kim und Marie breiteten ihre Handtücher im Sand aus und ließen sich von der Sonne wärmen.

»Was für ein Leben«, seufzte Marie und setzte ihre Sonnenbrille auf. »Ich werde mich den ganzen Tag nicht von der Stelle bewegen. Einfach nur faulenzen und die Zeit vertrödeln – herrlich!« Ihre Stimmung hatte sich seit dem Frühstück merklich gebessert, was auch daran liegen konnte, dass Klaus ihr für die kommenden Nächte seine selbstaufblasbare Hightech-Luftmatratze geliehen hatte, nachdem er von Maries Rückenschmerzen erfahren hatte.

»Klaus legt sich wirklich ganz schön ins Zeug«, stellte Kim fest. »Er scheint ziemlich in dich verknallt zu sein.«

Marie zuckte mit den Schultern. »Na und? Ich aber nicht in ihn.«

Kim grinste. »Aber zu seiner Luftmatratze hast du trotzdem nicht Nein gesagt.«

»Warum auch?« Marie machte ein unschuldiges Gesicht. »Er hat sie mir ja förmlich aufgedrängt. Und ich werde darauf bestimmt wesentlich besser schlafen als auf der blöden Isomatte.«

Kim holte einen dicken Krimi und eine Packung Schokoladenkekse aus ihrer Badetasche und versuchte zu lesen. Aber sie konnte sich einfach nicht konzentrieren. Immer wieder schweifte ihr Blick zum Wasser hinüber, wo gerade die erste Stunde des Surfkurses stattfand. Franzi machte natürlich mit und schlug sich ziemlich wacker. Wesentlich besser zumindest als Fiona und Mimi, die ordentlich Salzwasser schluckten. Kim grinste. Geschah den beiden eingebildeten Puten ganz recht. Tobias half ihnen geduldig immer wieder zurück auf die Bretter und Kim verspürte einen leichten Stich in der Magengegend. War sie etwa eifersüchtig? Quatsch! Sie wollte doch gar nichts von Tobias. Oder vielleicht doch? Jedes Mal, wenn sie ihn sah, schlug ihr Herz einen Purzelbaum. Aber wie konnte das sein? Sie liebte doch Michi!

Plötzlich schoss eine helle Fellkugel auf Kim zu und riss sie aus ihrem Gefühlschaos. Es war ein kleiner Labrador-Welpe, der sofort eifrig an der Kekspackung schnupperte, die neben Kim auf dem Handtuch lag.

»Dora! Hierher!« Eine zierliche blonde Frau in blauem Bikini kam auf die Mädchen zu und lächelte entschuldigend. »Tut mir leid. Wir arbeiten noch an Doras guter Erziehung.« Der Hund stieß ein helles Bellen aus, als er seinen Namen hörte, und wedelte begeistert mit dem Schwanz.

»Das macht doch nichts.« Kim brachte die Kekse in Sicherheit und fuhr mit der Hand über Doras weiches Fell. Der Hund begann sofort, ihre Hand abzuschlecken.

»Der ist ja niedlich«, sagte Marie und begann ebenfalls, Dora zu streicheln. »Er ist noch ziemlich jung, oder?«

Die Frau nickte. »Ja, wir haben Dora erst seit vier Wochen. Sie ist ein ganz schönes Energiebündel, kann ich euch sagen.«

»Na, hat unser kleiner Teufel schon wieder etwas angestellt?« Ein Mann tauchte neben der Frau auf und legte einen Arm um ihre Taille. Unter dem anderen Arm klemmte ein Sonnenschirm und über seiner Schulter hing eine prall gefüllte Badetasche. »Hallo, ich bin Simon Leander und das ist meine Frau Connie. Dora habt ihr ja bereits kennengelernt.«

Kim und Marie stellten sich ebenfalls vor. »Machen Sie hier Urlaub?«, fragte Marie.

Connie nickte. »Wir haben ein kleines Ferienhaus in den Dünen gemietet. Es ist wirklich traumhaft schön hier. Und ihr habt Schulferien?«

»Genau.« Kim zeigte in Richtung Sommercamp. »Wir zelten auf dem Gelände der Jugendherberge.«

Connie und Simon wechselten einen schnellen Blick. Dann grinste Simon. »Ihr seid also richtige Camper – toll! Als ich jung war, hab ich für mein Leben gern gezeltet.«

»Jetzt wollen wir euch aber wirklich nicht länger stören.« Connie nahm Dora auf den Arm. »Viel Spaß noch!«

»Danke, gleichfalls.« Kim angelte sich einen Schokoladenkeks aus der Packung, während Connie und Simon weitergingen und in einiger Entfernung ihre Handtücher ausbreiteten.

»Nette Leute.« Marie schob sich die Sonnenbrille wieder auf die Nase und drehte sich auf den Bauch, um ihren Rücken zu bräunen.

Kim nickte. »Stimmt.« Dann machte sie es sich auf ihrem Badetuch bequem und versuchte, sich endlich in ihren Krimi zu vertiefen.

Die Sonne stand schon tief, als die drei !!! nach einem langen Strandtag lachend und schwatzend ins Camp zurückkehrten. »Surfen ist einfach super!«, schwärmte Franzi. »Und Tobias ist total nett. Er hat nicht einmal die Geduld verloren, als Fiona zum zwanzigsten Mal abgetrieben ist. Sie und Mimi sind wirklich hoffnungslose Fälle.«

Kims Herz schlug schneller, als Franzi Tobias erwähnte. Oder bildete sie sich das nur ein?

Im Camp brannte schon das Lagerfeuer. Heute sollten zum Abendbrot Würstchen gegrillt werden.

»Wer hat noch nicht? Wer will noch mal?«, rief Tobias und schwenkte einen Teller mit leicht angekohlten Würstchen.

»Ich!«, kreischte Fiona und schenkte Tobias ein strahlendes Lächeln. »Surfen macht echt hungrig.«

Kim biss die Zähne zusammen und ließ sich auf einer Holzbank am Feuer nieder. Flirtete Fiona etwa mit Tobias? Und wenn schon! Das konnte ihr doch eigentlich egal sein ...

Klaus stürzte sich sofort auf Marie und reichte ihr einen Teller. »Hier, ich hab dir schon ein Würstchen gesichert.«

Marie nahm den Teller gnädig entgegen. »Danke. Gibt's auch Senf?« Klaus sprang auf und machte sich augenblicklich auf die Suche nach der Senftube. Marie hatte ihn offenbar voll im Griff.

Franzi unterhielt sich angeregt mit Felix über die erste Surfstunde und Kim überlegte gerade, ob sie sich auch etwas zu essen holen sollte, als plötzlich eine bucklige Gestalt aus dem Schatten hervortrat. Quasimodo! Kim blieb fast das Herz stehen vor Schreck. Sie hatte das Gefühl, der Alte würde sie mit seinen wasserblauen Augen drohend anfunkeln. Auch die anderen waren still geworden, als die unheimliche Gestalt in ihrer Mitte aufgetaucht war. Fiona kreischte leise auf und klammerte sich an Tobias.

»Keine Angst!«, rief Tatjana beruhigend und lachte. »Darf ich vorstellen? Das ist Franz Höller. Er arbeitet als Hausmeister in der Jugendherberge und kennt jede Menge alte Geschichten und Legenden aus der Gegend hier. Netterweise hat er sich bereit erklärt, uns heute einige davon zu erzählen. Setzen Sie sich doch, Herr Höller. Schön, dass Sie Zeit für uns gefunden haben.«

Franz Höller stand immer noch regungslos neben dem Feuer. Er machte ein grimmiges Gesicht und es schien, als hätte er Tatjanas Worte gar nicht gehört. Seine weißen Haare leuchteten hell im Feuerschein. Kim fröstelte. Der Alte sah wirklich zum Fürchten aus.

Am Lagerfeuer war es mucksmäuschenstill geworden. Alle starrten Quasimodo an. Franzi und Felix waren eng zusammengerückt und Felix legte beschützend den Arm um Franzis Schultern. Klaus versuchte dasselbe bei Marie, aber sie schüttelte seinen Arm ab.

Nach einer Weile hob der Alte den Kopf und blickte mit weit aufgerissenen Augen in die Flammen. Dann verkündete er mit rauer Stimme: »Nehmt euch in Acht, Kinder! Am Meer treiben viele Geister ihr Unwesen und die meisten von ihnen sind böse.« Er nickte langsam. »Sehr böse sogar. Wusstet ihr, dass in dunklen Herbstnächten geheimnisvolle Lichter auf See erscheinen? Aber wehe, ein Boot richtet sich nach ihrem hellen Blinken. Dann ist es rettungslos verloren. Die Irrlichter locken es in gefährliche Gewässer, wo es an tückischen Felsen zerschellt.« Quasimodo machte eine spannungsgeladene Pause. »Und habt ihr schon mal vom kopflosen Piraten gehört? Er geht hier am Strand um. In sternenklaren Sommernächten könnt ihr sein jammervolles Gestöhne hinter den Dünen hören ...«

In diesem Moment begann Mimi, hysterisch zu kichern. Fiona, die sich immer noch an Tobias klammerte, grinste spöttisch und flüsterte: »Wer glaubt denn heutzutage noch an solche Schauermärchen? Was für ein Unsinn!«

Ein paar andere Campteilnehmer murmelten zustimmend und Tatjana machte laut: »Schschsch!«

Klaus räusperte sich. »Können Sie uns nicht etwas über die alte Ruine erzählen? Sie wissen schon, das eingestürzte Häuschen, das nicht weit von hier in den Dünen steht. Felix und ich haben es heute zufällig auf einem Erkundungsgang entdeckt. Gibt's dazu auch eine Geschichte?«

Der alte Mann fuhr herum und sah Klaus scharf an. Klaus wurde blass, hielt dem Blick aber stand. Wahrscheinlich wollte er sich vor Marie keine Blöße geben.

»Haltet euch fern vom Spukhaus!«, krächzte Quasimodo. »Der Ort ist verflucht!«

»Verflucht?«, fragte Felix. »Warum denn das?«

Quasimodo senkte die Stimme, sodass sie kaum mehr war als ein Flüstern. Dann begann er zu erzählen: »Vor langer Zeit war das Haus ein Unterschlupf für Piraten. Dunkle Machenschaften spielten sich dort ab und es floss jede Menge Blut. Später kaufte ein Fischer das Haus für sich und seine geliebte Tochter. Einige Jahre lebten sie dort glücklich und zufrieden. Doch dann verliebte sich das Mädchen in einen Schmuggler. Die beiden wollten heiraten, aber der Vater verbot die Hochzeit und sperrte seine Tochter im Bootsschuppen neben dem Haus ein. Sie flehte ihn an, sie gehen zu lassen, aber der Fischer blieb hart. In der Nacht erhängte sich das Mädchen vor lauter Verzweiflung im Schuppen.« Nun hatte Quasimodo wieder die volle Aufmerksamkeit seines Publikums. Die Campteilnehmer hingen an seinen Lippen. Kim bekam eine Gänsehaut. Ihr Blick suchte nach Tobias, aber er war verschwunden. Fiona saß alleine auf der Bank und versuchte, ein möglichst unbeeindrucktes Gesicht zu machen, was ihr aber nicht so richtig gelang. »Der Fischer wurde verrückt vor Trauer und Schmerz«, fuhr Quasimodo fort. »Eines Tages schwamm er ins Meer hinaus und kam nie mehr zurück. Das Haus verfiel, niemand wollte mehr dort leben. Nachts kann man noch heute ab und zu den Geist des Mädchens weinen hören. Sie weint um ihre große Liebe.« Der Alte riss die Arme hoch und rief beschwörend: »Hütet euch vor dem Spukhaus! Jetzt wisst ihr, warum dieser Ort verflucht ist.« Franz Höller ließ die Arme langsam wieder sinken. Das Funkeln in seinen Augen erlosch. Er sah plötzlich erschöpft aus.

Es war noch einen Moment still, dann setzte leises Gemurmel ein.

»Gar nicht schlecht, der Typ«, bemerkte Felix und Franzi nickte.

Fiona verdrehte die Augen. »So ein kompletter Quatsch!«

Kim blickte sich suchend nach Tobias um. Sie entdeckte ihn etwas abseits vom Feuer. Er saß im Schatten eines Zeltes und sah zu Tatjana hinüber, die sich gerade bei Herrn Höller für seinen Einsatz bedankte. Sein Blick hatte nichts mehr von der sympathischen und jungenhaften Art, die Kim morgens so gut gefallen hatte, sondern ruhte jetzt kühl und forschend auf Quasimodo. Tobias sah plötzlich viel älter aus. Und viel ernsthafter.

Kim runzelte die Stirn. Ob Tobias keine Gruselgeschichten mochte? Vielleicht war er ja auch sauer, weil Quasimodo versucht hatte, ihnen Angst einzujagen. Genau, das musste es sein. Tobias war schließlich für das Wohlergehen der Campteilnehmer verantwortlich. Wahrscheinlich befürchtete er, dass einige von den jüngeren Mädchen nun nachts Albträume bekamen.

Als Tobias Kims Blick bemerkte, entspannte sich sein Gesicht und er lächelte ihr zu. Kim lächelte zurück. Sie merkte, wie sie rot anlief, und hoffte inständig, dass man das im flackernden Feuerschein nicht sehen konnte.

Ausflug zum Spukhaus

Beim Frühstück taten Fiona und Mimi mal wieder alles, um im Mittelpunkt der allgemeinen Aufmerksamkeit zu stehen.

»Ich wäre vor Lachen beinahe gestorben, als dieser alte Tattergreis gestern seine Show abgezogen hat«, rief Mimi und verzog ihren brombeerfarben geschminkten Mund zu einem abfälligen Grinsen.

Fiona strich sich durch ihre frisch geföhnten, rabenschwarzen Haare. »Für wie alt hält der uns eigentlich? Vielleicht kann er irgendwelchen Grundschülern mit seinen Schauermärchen Angst einjagen, aber mir bestimmt nicht.«

»Ach ja?« Marie schmierte sich seelenruhig Marmelade auf ihr Frühstücksbrötchen, aber Kim entging nicht das spöttische Funkeln in ihren Augen. »Und warum bist du dann total käsig im Gesicht geworden und hast dich wie eine Verrückte an Tobias geklammert?«

Fiona lächelte überlegen. »Das hatte völlig andere Gründe. Wenn du verstehst, was ich meine ...«

Kim hätte ihr am liebsten die Kakaotasse aus

der Hand geschlagen. Diese aufgetakelte Kuh sollte bloß ihre Finger von Tobias lassen! Der war doch viel zu schade für sie.

»He, Leute, ich hab eine super Idee!« Mimi machte ein unternehmungslustiges Gesicht. »Was haltet ihr davon, wenn wir diesem ominösen Spukhaus nachher mal einen kleinen Besuch abstatten?«

»Prima Vorschlag!« Fiona grinste. »Vielleicht finden wir ja noch ein Stück von dem Strick, mit dem sich diese Fischer-Tussi erhängt hat. Falls sich der Alte die ganze Geschichte nicht einfach aus den Fingern gesogen hat.«

Kim schluckte. Sie verspürte nicht das geringste Bedürfnis, die Ruine des Spukhauses aus der Nähe zu sehen. »Ich weiß nicht ... was sollen wir denn da?«, fragte sie betont gelangweilt. »Wahrscheinlich gibt's außer ein paar eingestürzten Mauern überhaupt nichts zu sehen.«

»Hast du etwa Angst?« Fiona warf ihr einen lauernden Blick zu und Kim schlug schnell die Augen nieder. Dass sie nachts ausgesprochen unruhig geschlafen und lauter wirres Zeug von bösen Geistern, weinenden Mädchen und bösen Flüchen geträumt hatte, behielt sie lieber für sich.

»Unsinn, natürlich hat Kim keine Angst«, schaltete sich Marie ein. »Wir kommen mit, oder, Mädels?«

Franzi nickte. »Klar, warum nicht? Hauptsache, wir sind pünktlich zum Surfkurs wieder zurück.«

»Das dürfte kein Problem sein.« Mimi kicherte. »Es sei denn, wir werden von einem bösen Fluch erwischt.«

Damit war der Ausflug zum Spukhaus beschlossene Sache.

Gleich nach dem Frühstück zogen die fünf Mädchen los. Als sie in den schmalen Sandweg abbogen, der zum Spukhaus führte, ertönten laute Stimmen hinter ihnen.

»He, wartet auf uns! Wo wollt ihr denn hin?« Klaus und Felix kamen auf sie zugerannt.

Marie stöhnte leise, als sie Klaus erblickte, und murmelte: »Der hat mir gerade noch gefehlt!«

»Wir gehen zum Spukhaus«, erklärte Franzi.

»Super, wir kommen mit und zeigen euch den Weg.« Felix lächelte Franzi zu. »Außerdem braucht ihr doch männlichen Schutz vor den bösen Geistern.«

Franzi grinste. »Wir können prima auf uns selbst aufpassen, vielen Dank. Aber wenn ihr unbedingt mitkommen wollt – von mir aus.«

»Hier geht's lang!« Klaus setzte sich an die Spitze der kleinen Gruppe und führte sie den Sandweg hinunter. Nach mehreren Kurven tat sich eine Senke zwischen den Dünen auf, in der die Ruine des Spukhauses aufragte.

Kim lief ein kalter Schauer über den Rücken. »Hier ist es ja sogar bei Tag unheimlich«, murmelte sie.

Fiona lachte. »Pass auf, gleich kommt bestimmt das weinende Mädchen angeflogen und erschreckt dich!«

Kim achtete nicht auf Fionas blöde Sprüche, sondern sah sich aufmerksam um. Das ganze Gelände strahlte etwas sehr Düsteres und Trauriges aus. Von dem alten Fischerhaus waren nur noch ein paar bröckelige, mit Unkraut überwucherte Mauern übrig. Das Dach sah ausgesprochen löchrig aus. Eine morsche Tür hing lose in den Angeln und quietschte im Wind. Der Schuppen neben dem Haus war wesentlich besser erhalten. Die hohen Wände waren bis auf ein paar lose Steine weitgehend intakt und das schwere Holztor schien noch ziemlich solide zu sein. Nur das Dach war teilweise eingestürzt.

»Ob sie sich dort umgebracht hat?«, flüsterte Franzi und schaute zum Schuppen hinüber.

Felix nickte. »Ich schätze schon.«

»Sollen wir nachsehen, ob der Strick noch an einem der Balken hängt?«, fragte Klaus und machte einen Schritt auf den Schuppen zu.

Kim bekam alleine bei dem Gedanken daran schon eine Gänsehaut.

»Au ja! Ich bin dabei!« Fiona hakte sich bei Klaus ein. »Kommt noch jemand mit? Oder habt ihr Schiss?«

Marie verzog das Gesicht. »Ihr seid ja widerlich! Wenn ihr da drinnen unbedingt herumschnüffeln müsst – bitte. Ich warte draußen.«

Die anderen sahen auch nicht sonderlich begeistert aus.

Fiona zuckte mit den Schultern. »Dann eben nicht. Los, Klaus, wir sind offensichtlich die Einzigen, die sich nicht vor Gespenstern fürchten.« Kichernd griff sie nach Klaus' Hand und zog ihn zu dem großen Holztor.

»Achtung, Geister, wir kommen!«, rief Klaus, ehe er hinter Fiona im Schuppen verschwand.

»Idioten«, murmelte Marie und sah den beiden mit düsterer Miene nach.

»Fiona scheint ein Auge auf Klaus geworfen zu haben«, stellte Kim fest. »Sie baggert wirklich jedes männliche Wesen an, das ihr über den Weg läuft.«

Marie zuckte mit den Schultern. »Na und? Mir doch egal. Dann nervt Klaus mich wenigstens nicht mehr mit seinem dämlichen Gesülze.« Aber so richtig überzeugend klang das nicht.

»He, kommt mal her!« Felix winkte Kim und Marie zu. »Wir haben was gefunden.« Er stand mit Franzi und Mimi auf dem Hof neben einem Steinhaufen, der mit mehreren Brettern abgedeckt war.

»Das muss ein alter Brunnen sein«, erklärte Franzi, als Marie und Kim näher gekommen waren.

Felix hatte eins der Bretter zur Seite gezerrt. Darunter kam ein dunkler Schacht zum Vorschein, der senkrecht in die Erde führte und sich irgendwo in der Tiefe verlor.

Franzi beugte sich über das Loch und rief laut: »Hallo!« Ihre Stimme hallte unheimlich von den Steinwänden wider.

»Scheint ziemlich tief zu sein«, stellte Mimi fest.

»Schade, dass wir keine Taschenlampe dabeihaben«, sagte Kim. »Sonst könnten wir hineinleuchten und vielleicht den Grund des Brunnens sehen.«

Felix hob einen Stein vom Boden auf und warf ihn in den Schacht. Es dauerte eine ganze Weile, ehe aus weiter Ferne ein leises Platschen zu hören war.

»Vergiss es«, sagte er. »Selbst mit einer Taschenlampe könntest du nicht bis auf den Grund sehen. Der Brunnen muss irre tief sein. Wenn du da reinfällst, bist du auf Nimmerwiedersehen verschwunden.« Felix grinste. »Also, wenn ich jemanden umgebracht hätte, würde ich die Leiche hier entsorgen. Da findet sie garantiert kein Mensch.«

Mimi schauderte. »Können wir bitte von was anderem reden? Das ist mir zu gruselig!«

Felix legte das Brett zurück auf den Schacht. »Klar. Wo stecken denn unsere zwei Turteltauben? Hoffentlich hat der Geist im Schuppen sie nicht in kopflose Piraten verwandelt.«

Während Mimi nervös kicherte, wurde Kim von einem hellen Blitzen abgelenkt, das ihr direkt in die Augen stach. Als sie in die Richtung blickte, aus der das Blitzen gekommen war, fiel ihr eine Gestalt auf, die im hohen Strandhafer hockte. Der Mann mit dem Fernglas! Kim hätte ihn bestimmt nicht bemerkt, wenn sich das Sonnenlicht nicht in seinem Fernglas gespiegelt und sie geblendet hätte.

»Was ist denn das für ein Typ?«, fragte Marie, die Kims Blick gefolgt war.

»Keine Ahnung.« Kim ließ den Mann nicht aus den Augen. »Den hab ich gestern schon gesehen. Er hat frühmorgens in der Nähe des Camps Vögel beobachtet. Dachte ich zumindest.«

»Der hat bestimmt was ganz anderes als Vögel beobachtet.« Felix runzelte die Stirn. »Das ist ein Spanner, da gehe ich jede Wette ein. Warum hängt der denn sonst mit einem Fernglas hier herum und stellt uns nach?«

Franzi machte einen Schritt in Richtung des

Mannes. »He, Sie! Verschwinden Sie! Die Dünen darf man nicht betreten!«

Der Mann schoss in die Höhe und sah zu, dass er wegkam.

»Na, der hat's ja plötzlich eilig!« Marie lachte. »Ich glaube, du hast ihm einen ganz schönen Schreck eingejagt.«

»Tja, ich kann eben ziemlich bedrohlich wirken, wenn ich will.« Franzi machte ein zufriedenes Gesicht.

»Huhu, da sind wir wieder!« Fiona und Klaus kamen Hand in Hand aus dem Schuppen. Sie kicherten und schienen sich blendend amüsiert zu haben. Kim fiel auf, dass Fionas Lippenstift verwischt war. Falls Marie das auch bemerkt hatte, ließ sie sich jedenfalls nichts anmerken. Ihr Gesicht war wie versteinert und sie würdigte Klaus keines Blickes.

»Kein Strick weit und breit«, erklärte Klaus. »Und auch kein weinender Geist. Nichts als Dreck und Staub.«

»Na prima.« Kim steckte die Hände in die Hosentaschen und zog die Schultern hoch. Trotz der Sonne war ihr plötzlich kalt. »Dann können wir ja jetzt endlich gehen, oder? Ich will schließlich nicht den ganzen Tag hier herumhängen.«

»Auf zum Strand!«, rief Klaus. Lachend lief er mit Fiona voraus, während die anderen etwas langsamer folgten.

Geheimes Tagebuch von Kim Jülich
Samstag, 18:34 Uhr

Warnung: Lesen für Unbefugte (alle außer Kim Jülich) streng verboten! Das gilt auch für Marie Grevenbroich und Franziska Winkler – und für jeden anderen Campteilnehmer!

Ich bin total durcheinander. Wenn ich meine Gefühle nicht aufschreibe, werde ich noch verrückt! Da ich hier leider keinen Computer in Reichweite habe, kritzele ich jetzt meinen Briefblock voll. Briefpapier brauche ich sowieso nicht. Es reicht völlig, wenn ich meinen Eltern irgendwann eine Karte schreibe. Und Michi natürlich. Versprochen ist versprochen. Im Moment habe ich allerdings andere Sachen im Kopf als Urlaubspostkarten.

Ich verstehe mich selbst nicht mehr: Jedes Mal, wenn ich Tobias sehe, würde ich ihm am liebsten um den Hals fallen. Und es macht mich fuchsteufelswild, wenn Fiona, die dumme Pute, mit ihm flirtet. Obwohl ich nicht glaube, dass sie eine Chance bei ihm hat. Außerdem scheint sie jetzt sowieso ein Auge auf Klaus geworfen zu haben, was Marie gar nicht gefällt. Dabei hat sie ihn doch die ganze Zeit eiskalt abblitzen lassen.

Bin ich etwa eifersüchtig auf Fionas Flirtkünste? Und wenn ja, warum? Dafür gibt es eigentlich nur eine Erklärung: Ich habe mich in Tobias verliebt.

Leider ist er mindestens zehn Jahre älter als ich – und unser Betreuer! Völlig unmöglich also, dass er sich jemals für mich interessieren wird. Unsere Liebe ist von vorneherein zum Scheitern verurteilt.

Und was ist mit Michi? Sind meine Gefühle für ihn plötzlich erloschen? Das kann doch nicht sein! Oder liebe ich etwa alle beide? Hilfe! Was für ein Chaos!

Manchmal bin ich mir selbst ganz fremd. Plötzlich mache ich Sachen, die ich normalerweise nie tun würde. Vorhin am Strand zum Beispiel wollte ich heimlich ein Foto von Tobias machen. Eine total peinliche Idee! Er stand in Badehose am Strand und beaufsichtigte den Surfkurs – ich konnte einfach nicht widerstehen. Aber als ich auf den Auslöser drückte, kam zufällig Connie mit aufs Bild. Sie war mit ihrem Mann und der süßen Dora auch am Strand und lag ganz in der Nähe auf ihrem Handtuch in der Sonne. Als sie mitbekam, dass ich sie versehentlich fotografiert hatte, wurde sie stinksauer. Sie stürzte auf mich zu und wollte mir die Digitalkamera aus der Hand reißen, um das Foto zu löschen. Zum Glück konnte ich das im letzten Moment verhindern. Ich wusste kaum, wie mir geschah. Hinterher hat sie sich dann entschuldigt, weil sie so ausgerastet ist. Es schien ihr etwas peinlich zu sein. Angeblich wird sie nicht gerne im Bikini fotografiert, weil sie sich zu dick findet. Dabei ist sie superschlank! Und selbst wenn sie es nicht wäre – das ist doch noch lange kein Grund, so dermaßen sauer zu werden! Man könnte fast glauben, sie hat irgendetwas zu verbergen ...

Auf jeden Fall wurde Tobias durch den Streit mit Connie auf die Sache aufmerksam. Er hat garantiert mitbekommen, wie ich ihn fotografiert habe, auch wenn er netterweise so getan hat, als würde er nichts merken. Mir war die Situation so peinlich, dass ich am liebsten im Erdboden versunken wäre! Was soll Tobias denn jetzt von mir denken? Wahrscheinlich hält er mich für eine alberne Gans, die ihn grenzenlos anhimmelt. Und damit hat er leider nicht ganz unrecht ...

Ich muss jetzt Schluss machen. Gleich gibt's Abendbrot und danach machen wir eine Nachtwanderung. Am besten versuche ich, mir Tobias so schnell wie möglich aus dem Kopf zu schlagen. Aber das ist leichter gesagt als getan ...

Horrortrip in den Dünen

»Sind wir vollzählig?«, rief Tatjana. »Dann kann's ja losgehen. Mir nach!«

Langsam setzte sich die Gruppe in Bewegung. Lachend und schwatzend liefen die Campteilnehmer hinter Tatjana über den Holzsteg in Richtung Strand. Es war Viertel vor zwölf und die Nacht war stockdunkel. Ein kräftiger Wind ließ den Strandhafer am Wegesrand leise rascheln und jagte Wolkenfetzen über den Himmel. Dann erschien der Mond und tauchte die gesamte Dünenlandschaft für einen kurzen Moment in silbernes Licht.

»Wo gehen wir eigentlich hin?« Franzi zog fröstelnd den Reißverschluss ihrer Jacke zu.

»Keine Ahnung.« Kim gähnte. »Ich schätze, wir laufen ein Stück am Strand entlang und kehren dann durch die Dünen zurück. Es sei denn, die Betreuer haben noch irgendeine Überraschung geplant ...«

»Achtung, hier kommt das unheimliche Strandgespenst!« Klaus zog eine Grimasse und lief mit ausgestreckten Armen auf Fiona und Mimi zu, die beide begeistert loskreischten.

Marie verdrehte die Augen. »Was für ein albernes Theater!«

Ehe Kim etwas erwidern konnte, tauchte Tobias neben ihnen auf. Kims Herz setzte einen Moment aus und begann dann wie verrückt zu klopfen.

»Ich muss mal mit euch reden, Leute.« Tobias lächelte nicht, sondern sah ungewöhnlich ernst aus.

»Was ist denn los?«, fragte Franzi. »Haben wir was angestellt?« Tobias wiegte den Kopf hin und her. »Wie man's nimmt. Ich hab vorhin beim Abendbrot zufällig mitbekommen, dass ihr heute Vormittag beim Spukhaus wart.«

Marie nickte. »Stimmt. Aber das ist doch nicht verboten, oder?«

»Nein, nicht direkt«, gab Tobias zu. »Mich würde aber trotzdem interessieren, was ihr dort zu suchen hattet.«

Kim räusperte sich und hoffte, dass ihre Stimme halbwegs normal klang. »Gar nichts. Wir wollten uns nur ein bisschen umsehen.«

»Das solltet ihr in Zukunft besser lassen.« Tobias' Stimme klang sehr energisch. »Versprecht mir, dass ihr euch vom Spukhaus fernhaltet. Den anderen werde ich das auch noch sagen. Dieser Teil der Dünen ist für euch tabu, klar?«

»Aber warum denn?«, fragte Franzi überrascht. »Ich versteh das nicht!«

»Tut einfach, was ich euch sage«, befahl Tobias streng. »Wenn ich euch noch mal in der Nähe des Spukhauses erwische, gibt's Ärger. Das Gebäude ist total marode und kann jeden Moment einstürzen. Es ist wirklich gefährlich, sich dort herumzutreiben. Habt ihr das verstanden?« Er sah die drei !!! eindringlich an.

»Ja, klar«, sagte Kim schnell. »Kein Problem. Wir hatten sowieso nicht vor, noch mal dort hinzugehen.«

»Dann ist es ja gut«, brummte Tobias. »Ich sage jetzt den anderen Bescheid.«

Während er zu Klaus hinüberging, der immer noch mit Mimi und Fiona herumalberte, schüttelte Marie ungläubig den Kopf. »Könnt ihr mir mal erklären, was das sollte? Warum ist Tobias denn plötzlich so sauer geworden? Sonst ist er doch immer völlig locker.«

»Keine Ahnung.« Franzi machte ein ratloses Gesicht. »Wenn ihr mich fragt, hat er total überreagiert. Irgendetwas an dem alten Spukhaus scheint ihn nervös zu machen. Fragt sich nur, was. Der Geist des weinenden Mädchens ist es sicher nicht.«

»Ach was, Tobias macht sich bestimmt nur Sorgen um uns«, verteidigte Kim den Betreuer. »Immerhin ist er verantwortlich für die Gruppe. Er will nicht, dass einem von uns etwas passiert, das ist alles.«

Marie grinste. »Kann es sein, dass du ein bisschen auf Tobias stehst?«

»Ein bisschen?« Franzi lachte. »So wie Kim unseren schönen Tobias die ganze Zeit anschmachtet, hat sie sich Hals über Kopf in ihn verknallt.«

Kim wurde rot. »Quatsch. Ich finde ihn einfach nur nett, das ist alles.«

Franzi wollte noch etwas sagen, aber in diesem Moment begann jemand, laut zu kreischen.

»Was hat Klaus denn jetzt schon wieder angestellt?«, stöhnte Marie. »Langsam könnte er wirklich mit diesen dämlichen Spielchen aufhören. Das ist doch Kinderkram!«

»Pssst!« Franzi klammerte sich an Kims Arm. »Seht mal, dort drüben!« Sie zeigte mit zitterndem Finger in die Dünen. Marie verschlug es glatt die Sprache. Auch die Gespräche der anderen waren verstummt. Alle waren wie angewurzelt stehen geblieben. Abgesehen vom Rauschen des Meeres und dem raschelnden Strandhafer war kein Laut zu hören. Und dann sah Kim es auch. Im fahlen Licht des Mondes tauchte plötzlich ein heller Fleck in den Dünen auf. Er schien ein Stück über dem Boden zu schweben und erinnerte Kim an einen Nebelstreifen. Oder an ein langes, weißes Kleid, das auf einer Wäscheleine sanft im Wind weht.

»Was, um Himmels willen, ist das?«, flüsterte Marie.

Der weiße Fleck kam näher. Jetzt sah er aus wie eine Frauengestalt in einem fließenden Gewand. Die Gestalt hob einen Arm und schien den Jugendlichen zuzuwinken.

»Der Geist des weinenden Mädchens!«, krächzte jemand.

»Das gibt's doch gar nicht, oder?«, flüsterte Franzi und krallte ihre Fingernägel noch fester in Kims Arm.

Kim schluckte. »Vielleicht doch.« Sie merkte, wie sich jedes ihrer Nackenhaare einzeln aufstellte. Die ganze Situation war total unwirklich und gleichzeitig erschreckend real. Sie erinnerte Kim an den Traum, den sie nach Quasimodos Schauergeschichten am Lagerfeuer gehabt hatte. Und genau wie in dem Traum war sie wie gelähmt, obwohl sie am liebsten weggelaufen wäre.

Plötzlich wurde die nächtliche Stille von einem merkwürdigen Geräusch durchbrochen, das Kim durch Mark und Bein ging. Erst konnte sie es nicht richtig zuordnen, aber dann wurde ihr mit einem Schlag klar, was sie da hörte. Jemand weinte! Der Wind trug die klagenden Laute über die Dünen hinweg zu den Campteilnehmern und weiter bis zum Meer.

Nachts kann man noch heute ab und zu den Geist des Mädchens weinen hören. Sie weint um ihre große Liebe.

Quasimodos Worte hallten in Kims Kopf wider, als würde er direkt neben ihr stehen und sie ihr mit seiner heiseren Stimme ins Ohr murmeln. Konnte es sein, dass sie wirklich den Geist des weinenden Mädchens vor sich hatten? Gab es tatsächlich so etwas wie übersinnliche Phänomene, die sich allein mit dem menschlichen Verstand nicht erklären ließen? Kim wurde schwindelig. Sie hatte das Gefühl, ihre Beine würden jeden Moment unter ihr nachgeben. Schnell hielt sie sich an Franzi fest, um nicht umzukippen.

Plötzlich wurde das leise Weinen von einem wesentlich lauteren Geräusch übertönt. Jemand begann ganz in der Nähe wie verrückt zu kreischen. Kim fuhr herum und sah gerade noch, wie Mimi laut schreiend das Weite suchte. Fiona folgte ihr. Ein paar andere Mädchen begannen ebenfalls zu kreischen.

»Keine Panik!«, ertönte Tatjanas Stimme irgendwo aus der Dunkelheit. »Nicht wegrennen! Wir müssen zusammenbleiben! Tobias! Wo steckst du denn?«

Aber es war schon zu spät. Allgemeine Panik brach aus und die Jugendlichen stoben in alle Richtungen davon. Es herrschte das blanke Chaos.

»Zurück zum Zeltplatz!«, rief Marie und rannte ebenfalls los. Franzi folgte ihr.

Kim warf noch einen letzten Blick über ihre

Schulter, doch die weiße Gestalt in den Dünen war verschwunden. Nur der Strandhafer schwankte im Wind hin und her.

»Was, zum Teufel, war das?«, wollte Felix wissen und stellte damit die Frage, die alle beschäftigte, seit sich die Gruppe nach und nach im Camp wieder eingefunden hatte. Jetzt saßen alle um das flackernde Lagerfeuer und tranken dampfenden Kamillentee, den Tatjana auf dem Gaskocher zubereitet hatte und nun zur Beruhigung ausschenkte.

»Ein Gespenst natürlich, was denn sonst?«, antwortete ein Mädchen und ihre Freundin fügte ängstlich hinzu: »Der Geist des weinenden Mädchens!«

Mimi wimmerte. Sie war aschfahl im Gesicht und ihre Augen waren vor Schreck immer noch geweitet. Fiona legte ihrer Freundin den Arm um die Schultern und redete beruhigend auf sie ein.

»Unsinn.« Franzi nahm einen Schluck von ihrem Kamillentee. »Es gibt keine Gespenster.«

»Stimmt genau.« Tatjana stellte die leere Teekanne zur Seite. »Dort draußen ist nichts, wovor wir uns fürchten müssten.«

»Und was haben wir dann gesehen?«, wollte Klaus wissen.

Marie machte ein nachdenkliches Gesicht. »Wenn ihr mich fragt, hat uns irgendjemand einen bösen Streich gespielt. Jemand, der uns Angst machen wollte.«

»Na, das ist ihm gelungen«, murmelte Felix und sah zu Mimi hinüber, die sich eng an Fiona schmiegte.

»Aber wer könnte das gewesen sein?«, überlegte Franzi laut. »Wir waren doch alle auf dem Holzsteg. Oder hat irgendjemand gefehlt?«

Leises Gemurmel erhob sich, dann schüttelte einer nach dem anderen den Kopf. Sie waren vollzählig gewesen.

Kim musste an Quasimodo denken. Ob er hinter der Geistererscheinung steckte? Hatte er ihnen einen Denkzettel verpassen wollen, weil sich einige der Campteilnehmer über seine Schauergeschichten lustig gemacht hatten? Aber die Erscheinung war zierlich und schlank gewesen, nicht kompakt und buckelig. Und Quasimodo konnte bestimmt auch nicht über dem Boden schweben ...

Da tauchte Tobias aus der Dunkelheit auf und trat ans Lagerfeuer.

»Na endlich!«, rief Tatjana. »Da bist du ja! Wo hast du denn gesteckt? Ich hätte dich vorhin in der allgemeinen Aufregung wirklich gut gebrauchen können.« Ihre Stimme klang vorwurfsvoll.

Tobias machte ein schuldbewusstes Gesicht. »Tut mir leid. Ich musste mal austreten, und als ich zurückkam, rannten alle wie kopflose Hühner an mir vorbei und kreischten in den höchsten Tönen. Ich wusste gar nicht, wie mir geschah.«

»Und was hast du die ganze Zeit gemacht?« Franzi sah Tobias scharf an. »Wir sind immerhin schon seit fast einer Stunde wieder hier.«

Tobias musterte Franzi wachsam, so als würde er sie zum ersten Mal richtig wahrnehmen. »Na, was wohl? Ich hab den Strand abgesucht, um sicherzugehen, dass dort keiner von euch herumirrt und den Rückweg nicht mehr findet«, erklärte er. Dann lächelte er in die Runde. »Aber es ist ja alles noch mal gut gegangen. Keins unserer Schäfchen ist abhandengekommen, nicht wahr, Tatjana?«

Tatjana versuchte nun ebenfalls, für gute Stimmung zu sorgen. »Genau, und das ist schließlich die Hauptsache. Ich werde morgen mal mit der Leiterin der Jugendherberge sprechen. Vielleicht wollten uns ja auch ein paar Jungs aus dem Dorf erschrecken. Wir sollten uns von diesem kleinen Zwischenfall auf keinen Fall die gute Laune verderben lassen. Was haltet ihr davon, wenn wir noch ein kleines Lied singen, bevor wir in unsere Kojen kriechen?« Sie griff nach ihrer Gitarre und stimmte *What shall we do with the drunken sailor* an. Nach der ersten Strophe sangen Tobias und Felix mit, dann fielen auch die anderen ein und bald schallte das Lied vom betrunkenen Seemann laut über den ganzen Zeltplatz.

Tobias macht sich verdächtig

Die Sonne stand bereits hoch am Himmel, als die Campteilnehmer nach den Aufregungen der Nacht am nächsten Morgen allmählich aus ihren Zelten krochen.

Gegen halb elf machten sich die drei !!! auf den Weg zum Speisesaal. Franzi gähnte. »Wie gut, dass es am Sonntag erst später Frühstück gibt. Ich bin allerdings immer noch hundemüde. Ich glaube, mir steckt die letzte Nacht noch in den Knochen.«

Kim nickte. »Geht mir genauso.« Sie hatte wieder unruhig geschlafen. Die weiße Nebelgestalt war mit ihrem anklagenden Gewimmer durch ihre Träume gehuscht.

»Findet ihr nicht, dass sich Tobias gestern Nacht ziemlich seltsam benommen hat?«, fragte Marie, während sie in Richtung Jugendherberge liefen. »Irgendwas stimmt nicht mit dem.«

Franzi nickte. »Den Eindruck hab ich auch. Ist doch komisch, dass er genau in dem Moment pinkeln muss, als die Geistergestalt auftaucht. Und dass er hinterher eine Stunde lang den

Strand abgesucht hat, nehme ich ihm auch nicht ab.«

»Ob er den Geist gespielt hat?«, überlegte Marie laut. »Vielleicht war die Sache als kleine Showeinlage für die Nachtwanderung gedacht und ist dann außer Kontrolle geraten.«

»Das glaube ich nicht«, widersprach Kim heftig. »So etwas Gemeines würde Tobias nie tun. Und was für ein Interesse sollte er denn daran haben, uns Angst einzujagen?«

Marie zuckte mit den Schultern. »Weiß ich auch nicht. Noch nicht, zumindest. Aber ich finde, wir sollten ihn im Auge behalten.«

»Das macht Kim doch sowieso schon.« Franzi kicherte. »Genau genommen hat sie für nichts anderes mehr Augen als für den schönen Tobias.«

Marie prustete los. Kim warf ihren Freundinnen einen ärgerlichen Blick zu, aber dann musste sie gegen ihren Willen ebenfalls grinsen. Trotzdem – dass Tobias irgendetwas mit dem Geisterspuk zu tun hatte, konnte sie sich einfach nicht vorstellen. Es musste jemand anders dahinterstecken. Zumindest, wenn es sich nicht doch um ein echtes Gespenst handelte …

Eine Stunde später waren die drei !!! wieder zurück auf dem Zeltplatz und suchten ihre Strandsachen zusammen.

»Mann, bin ich vollgefuttert.« Franzi verzog das Gesicht und hielt sich den Bauch. »Vielleicht hätte ich die dritte Portion Rührei doch nicht mehr essen sollen. Wahrscheinlich gehe ich gleich beim Surfen unter wie eine bleierne Ente.« Sie steckte einen Kugelschreiber und zwei Postkarten in ihre Strandtasche. »Erinnert mich daran, dass ich nachher an Benni und Leonhard schreibe. Ich hab's ihnen hoch und heilig versprochen. Die beiden bringen mich um, wenn ich es vergesse.« Benni und Leonhard waren zwei gute Freunde von Franzi, mit denen sie regelmäßig skaten ging. Sie hatte sie im Laufe der Ermittlungen zum Skater-Fall kennengelernt.

»Klar, kein Problem«, sagte Marie.

Kim hockte im Zelt und wühlte sich durch das Chaos aus Schlafsäcken, Isomatten, zerknüllten Klamotten, angebissenen Schokoriegeln und Maries zahlreichen Schminkutensilien. »Hat jemand die Digitalkamera gesehen? Ich kann sie nicht finden.«

»Wann hast du sie denn zuletzt gehabt?«, fragte Marie.

Kim überlegte. »Gestern, glaube ich. Als ich am Strand das Foto von Tobias gemacht habe.«

Franzi kicherte. »Mann, diese Connie ist vielleicht ausgerastet! Ich dachte schon, gleich schnappt sie sich die Kamera und schmeißt sie ins Meer. Und Tobias hat auch ziemlich sparsam geguckt, als er mitbekommen hat, dass du ihn heimlich fotografiert hast.«

Kim wurde rot. »Erinnere mich bloß nicht daran! Die ganze Situation war einfach nur peinlich.« Sie kramte hektisch in ihrem Rucksack. »Ich bin mir ganz sicher, dass ich die Kamera danach in meinen Rucksack gesteckt habe. Aber hier ist sie nicht. So ein Mist! Hoffentlich hab ich sie nicht irgendwo am Strand verloren ...«

Die drei !!! hatten sich die Digitalkamera vor nicht allzu langer Zeit von dem Geld gekauft, das sie als Belohnung für einen gelösten Fall bekommen hatten. Sie war der wertvollste Teil ihrer Detektivausrüstung und Kim hütete sie normalerweise wie ihren Augapfel.

»Keine Panik«, beruhigte Marie ihre Freundin. »Jetzt suchen wir erst mal alles gründlich ab. Dann taucht das gute Stück bestimmt wieder auf.«

Nacheinander kehrten die Mädchen im Zelt das Unterste zuoberst. Aber die Kamera blieb verschwunden.

»So ein Mist!«, rief Kim verzweifelt. »Sie muss irgendwo auf dem Weg vom Strand aus meinem Rucksack gefallen sein. Wie konnte das nur passieren? Ich versteh das einfach nicht ...«

»Ich auch nicht.« Marie machte ein nachdenkliches Gesicht. »Du bist doch immer so supervorsichtig und machst deinen Rucksack jedes Mal zu, wenn du irgendwo hingehst. Ich kann mir echt nicht vorstellen, dass die Kamera einfach herausgefallen ist.«

»Glaubst du etwa, jemand hat sie geklaut?«, fragte Kim. »Aber wer? Und wann?«

Franzi überlegte. »Es kann eigentlich nur letzte Nacht passiert sein. Nachmittags am Strand stand der Rucksack die ganze Zeit neben uns, da hätte sich niemand unbemerkt heranschleichen können.«

»Dann muss also jemand die Kamera abends oder nachts aus dem Zelt gestohlen haben«, folgerte Marie. »Oder hast du sie auf die Nachtwanderung mitgenommen?«

Kim schüttelte den Kopf. »Nein, ich hab sie im Zelt gelassen. Meint ihr, jemand aus dem Camp hat die Kamera gestohlen? Aber es waren doch alle bei der Nachtwanderung dabei.« Sie musste kurz an Quasimodo denken, verdrängte den Gedanken aber sofort wieder. Warum sollte der alte Mann ihren Fotoapparat klauen?

»Nicht alle«, sagte Franzi langsam. »Einer hat sich abgesetzt ...« Kim sah Franzi ungläubig an. »Du glaubst doch nicht etwa, dass Tobias unsere Digitalkamera gestohlen hat, oder?«

»Ich glaube gar nichts«, stellte Franzi klar. »Ich sage nur, dass Tobias eine Gelegenheit hatte. Er war während der Nachtwanderung über eine Stunde verschwunden und hat für diesen Zeitraum kein vernünftiges Alibi.«

»So ein Unsinn!«, rief Kim. »Tobias hat doch überhaupt kein Motiv! Warum sollte er so etwas tun?«

Franzi zuckte mit den Schultern. »Keine Ahnung«, gab sie zu. »Vielleicht hängt es damit zusammen, dass Kim ihn nachmittags fotografiert hat«, überlegte Marie.

»Glaubst du, er hält sich auch für zu dick und vernichtet darum jedes Foto, das von ihm gemacht wird?« Kim grinste, aber Marie blieb ernst.

»Quatsch, natürlich nicht«, erwiderte sie. »Aber wenn er wirklich Dreck am Stecken hat, will er vielleicht keine Beweisfotos von seinem Aufenthalt hier im Camp.«

Kim stöhnte. »Das ist doch alles total weit hergeholt! Ihr habt echt zu viel Fantasie.«

»Mir fällt gerade etwas ein!«, rief Franzi aufgeregt. »Bei dem Gruppenfoto, das wir am ersten Abend am Lagerfeuer aufgenommen haben, war Tobias auch nicht mit drauf.«

»Nein, natürlich nicht«, sagte Kim. »Er hat das Foto schließlich gemacht.«

»Und das war bestimmt kein Zufall«, murmelte Marie.

Kim seufzte und verzichtete auf einen Kommentar. Sie wusste, dass sie ihre Freundinnen im

Moment sowieso nicht von Tobias' Unschuld überzeugen konnte.

»Wir sollten der Sache auf jeden Fall nachgehen«, sagte Franzi energisch. »Ich schlage vor, dass wir Tobias' Zelt einen kleinen Besuch abstatten. Vielleicht finden wir unsere Kamera ja dort.«

»Gute Idee.« Marie nickte. »Ich habe immer stärker das Gefühl, dass mit Tobias etwas nicht stimmt.«

Kim sah ihre Freundinnen ungläubig an. »Ihr spinnt ja! Wir können doch nicht einfach Tobias' Zelt durchsuchen, nur weil Marie irgendein Gefühl hat. Das ist total unprofessionell.«

»Ich glaube, du bist eher diejenige, die sich hier von ihren Gefühlen leiten lässt«, stellte Franzi fest. »Nur weil du in Tobias verknallt bist, willst du nicht wahrhaben, dass er sich ziemlich verdächtig verhält.«

Kim sprang auf. »Ich bin überhaupt nicht in Tobias verknallt!«, zischte sie. »Wenn ihr unbedingt sein Zelt durchsuchen wollt – bitte. Aber ohne mich. Ich mach da bestimmt nicht mit!« Sie griff nach ihrem Rucksack und rannte davon.

Marie schlenderte so harmlos wie möglich zu Tobias' Zelt hinüber. Bevor sie hineinschlüpfte, sah sie sich sorgfältig um. Aber das Camp war jetzt am späten Vormittag wie ausgestorben. Tobias war am Strand und gab eine Surfstunde, an der auch Franzi teilnahm. Die anderen Campteilnehmer waren entweder schwimmen gegangen oder machten einen Ausflug ins nächste Dorf. Marie und Franzi waren sich einig gewesen, dass dies der ideale Zeitpunkt war, um die geplante Durchsuchungsaktion zu starten.

Kim war seit ihrer kleinen Auseinandersetzung heute Vormittag verschwunden. Wahrscheinlich saß sie irgendwo in den Dünen, hatte sich in ihren Krimi vertieft und die Welt um sich herum vergessen. Marie seufzte. Hoffentlich beruhigte sich Kim bald wieder. Aber in ihrer vernünftigen Art würde sie bestimmt schnell einsehen, dass sie überreagiert hatte. Zumindest wenn die Liebe sie nicht komplett blind gemacht hatte …

Marie schlug die Plane zurück und kroch in Tobias' Zelt. Dann verschloss sie den Eingang sorgfältig wieder. Ihr Herz klopfte wie verrückt. Obwohl sie wusste, dass Tobias frühestens in einer Stunde vom Strand zurückkommen würde, waren ihre Hände vor Aufregung und Angst eiskalt. Was, wenn sie in Tobias' Zelt erwischt wurde? Dann hätte sie ein riesengroßes Problem.

Marie verdrängte diesen unangenehmen Gedanken und sah sich neugierig um. Tobias war offenbar ein ausgesprochen ordentlicher Mensch. In seinem Zelt herrschte nicht das geringste Chaos. Links lagen Isomatte und Schlafsack. Rechts stapelten sich einige sorgfältig zusammengelegte Kleidungsstücke. Daneben standen Schuhe, ein großer Rucksack, eine Thermoskanne und ein Fernglas. Systematisch begann Marie damit, das Zelt zu durchsuchen. Der Rucksack und die Thermoskanne waren leer. Auch zwischen den Kleidern war nichts Verdächtiges versteckt. Im Schlafsack fand Marie lediglich einen ausgesprochen hässlichen, knallbunt gemusterten Schlafanzug und ein paar dicke Wollsocken. Sie kicherte und legte die Sachen ordentlich wieder zurück. Dann ließ sie ihren Blick noch einmal durch das Zelt schweifen. Hatten sie Tobias tatsächlich zu Unrecht verdächtigt? Die Digitalkamera war nicht hier, so viel stand fest. Oder hatte Tobias sie irgendwo anders versteckt?

Maries Blick blieb an der Zeltwand hängen, wo sich die Plane direkt neben der Isomatte etwas ausbeulte. Sie fuhr mit der Hand über die Stelle und schrie vor Überraschung beinahe laut auf. Eine Tasche in der Zeltwand! Und darin war irgendetwas Hartes und Kantiges. Etwa doch die Digitalkamera?

Mit zitternden Händen öffnete Marie den versteckten Reißverschluss und zog den Inhalt der

Tasche heraus. Mehrere Karten kamen zum Vorschein und – ein Funkgerät! Was machte Tobias denn damit? Marie überlegte kurz, ob sie es einschalten und ausprobieren sollte, entschied sich dann aber dagegen. Tobias sollte von ihrem Besuch schließlich nichts merken. Stattdessen sah sie sich die Karten näher an. Sie zeigten alle in unterschiedlichen Maßstäben den Küstenabschnitt, in dem sich das Camp befand. Einige waren ausgesprochen detailliert. Sogar der Zeltplatz in den Dünen war eingezeichnet. Marie faltete die letzte Karte auseinander und schnappte nach Luft. Das konnte doch nicht wahr sein! Sie waren also doch auf der richtigen Spur gewesen. Marie zückte ihr Handy und machte ein Foto von der Karte. Dann stopfte sie die Sachen wieder zurück in die Tasche und verließ eilig das Zelt.

»Was? Das gibt's doch nicht!« Franzi machte ein ungläubiges Gesicht. »Bist du sicher?«

Marie nickte. »Ich hab sogar ein Foto davon gemacht. Hier!« Sie holte ihr Handy hervor und reichte es Franzi.

Die drei !!! hatten sich nach dem Mittagessen in ihr Zelt zurückgezogen, um ungestört die Lage zu besprechen. Kim, die den Vormittag mit einem Strandspaziergang verbracht hatte, um ein bisschen Ordnung in ihr chaotisches Gefühlsleben zu bringen, saß auf ihrer Isomatte und versuchte zu verarbeiten, was Marie gerade erzählt hatte. Als Franzi ihr das Handy reichte, nahm sie es zögernd entgegen und warf einen widerstrebenden Blick auf das Display. Tatsächlich! Das Foto von der Karte war gestochen scharf. Es zeigte das Gelände der Jugendherberge, den Zeltplatz und die angrenzenden Dünen. Und es war nicht zu übersehen, dass jemand die Stelle, an der das Spukhaus stand, rot eingekreist und mit einem dicken, roten Pfeil versehen hatte.

»Du musst doch zugeben, dass das ziemlich verdächtig ist, oder?«, fragte Franzi. »Warum hat Tobias ein Funkgerät, ein Fernglas und all diese Karten in seinem Zelt? Und warum hat er ausgerechnet das Spukhaus auf der Karte markiert? Da stimmt was nicht!«

Kim zuckte mit den Schultern und machte ein hilfloses Gesicht. »Keine Ahnung. Vielleicht gibt es dafür ja eine ganz harmlose Erklärung ...«

»Kann schon sein«, sagte Marie so diplomatisch wie möglich. »Aber vielleicht hat Tobias' auffälliges Interesse am Spukhaus auch einen kriminellen Hintergrund. Ich finde, wir sollten auf jeden Fall an der Sache dranbleiben. Wir müssen herausfinden, was Tobias im Schilde führt!«

Detektivtagebuch von Kim Jülich
Sonntag, 20:44 Uhr

Die drei !!! sind zurück! Tja, das war's wohl erst mal mit den faulen Tagen in der Sonne. Leider müssen wir unsere Detektiv-Ferien kurzfristig unterbrechen, weil sich hier im Camp recht merkwürdige Dinge ereignen: Nachts tauchen weinende Geister in den Dünen auf, unsere Digitalkamera ist verschwunden und gewisse Leute scheinen sich brennend für das unheimliche Spukhaus zu interessieren, das nicht weit vom Camp entfernt liegt.

Marie und Franzi haben sich darauf versteift, dass unser Betreuer Tobias hinter den mysteriösen Vorfällen steckt. Ihrer Meinung nach will er den Campteilnehmern Angst einjagen, weil er irgendetwas ausheckt, das in Zusammenhang mit dem Spukhaus steht. Die beiden haben die wildesten Theorien aufgestellt, die von Schmuggel bis zu einer geplanten Entführung reichen. Ausnahmsweise kann ich mich ihrer Meinung nicht anschließen. Ich halte Tobias für unschuldig.

Während der heutigen Lagebesprechung wurde beschlossen, Tobias ab sofort unauffällig zu beschatten. Ich finde das ziemlich überflüssig, wurde aber überstimmt. Na ja, wer weiß, wozu es gut ist. Wenn sich durch die Beschattung Tobias' Unschuld herausstellt, soll es mir recht sein. Vorhin beim Abendbrot hat er sich zumindest ganz normal verhalten.

So viel für heute – ein Glück, dass ich zu Hause im letzten Moment noch das Heft eingesteckt habe, das ich unterwegs immer für meine Detektiv-Eintragungen benutze. Als hätte ich geahnt, dass wir sogar in den Ferien in einen Fall hineinstolpern würden. Wenn das hier überhaupt ein richtiger Fall ist und nicht nur ein dummes Missverständnis …

Die Lage spitzt sich zu

»Zeit fürs Bett, Leute!« Tatjana stellte ihre Gitarre zur Seite, auf der sie während der letzten halben Stunde leise herumgeklimpert hatte, und klatschte in die Hände. Das Lagerfeuer war heruntergebrannt und die letzten Campteilnehmer saßen mit kleinen Augen auf den Holzbänken und starrten müde in die Glut.

Kim gähnte und stand auf. »Ich geh schlafen.«

»Ich komme mit.« Marie erhob sich ebenfalls. »Was ist mit dir, Franzi?«

Kim sah zu Franzi hinüber, die mit Felix etwas abseits vom Feuer saß. Felix hatte den Arm um sie gelegt und Franzi schmiegte sich eng an ihn. »Bin gleich da«, murmelte Franzi. Sie machte allerdings keinerlei Anstalten, sich aus Felix' Umarmung zu lösen.

»Lass uns schon mal vorgehen«, schlug Kim vor und grinste. »Ich schätze, Franzi braucht noch ein bisschen, um sich zu verabschieden.«

Als sich Kim und Marie zwischen den Zelten hindurchschlängelten, kamen ihnen zwei Gestalten entgegen, die es offenbar ziemlich eilig hatten. Es waren Klaus und Fiona. Fiona war aschfahl und keuchte, als wäre sie eine längere Strecke gerannt. Klaus' Haare waren zerzaust und er schien ziemlich durcheinander zu sein.

»Was ist denn mit euch los?«, fragte Kim. »Man könnte fast meinen, der Teufel wäre hinter euch her.«

Fiona wurde noch blasser und machte ein ängstliches Gesicht. »Nein ... wir waren nur ... wir wollten ...«, stotterte sie und warf einen Hilfe suchenden Blick zu Klaus hinüber.

»Wo kommt ihr jetzt überhaupt her?«, fragte Marie und musterte Klaus' zerknittertes T-Shirt, an dem Sand und einige Grashalme hingen.

Klaus fuhr sich verlegen durch die blonden Haare. »Na ja ... also ... wir wollten vor dem Schlafengehen noch einen kleinen Spaziergang machen. Und da sind wir zufällig am Spukhaus vorbeigekommen ... Ich dachte, dort wären wir ungestört, aber dann ...« Er stockte.

Fiona griff nach seiner Hand. »Es war total unheimlich.«

Kim runzelte die Stirn. »Was war denn los?«

Fiona schluckte. »Erst haben wir ein Licht gesehen. Es wanderte im Schuppen hin und her. Und dann haben wir etwas gehört. Es klang wie ... wie ...«

»Wie schlurfende Schritte«, half Klaus ihr weiter. »Und ich glaube, da waren auch Stimmen ...«

Kim und Marie sahen sich an. Das klang wirklich ausgesprochen merkwürdig. Aber ehe sie Fiona und Klaus weitere Fragen stellen konnten, tauchte Tobias lautlos aus der Dunkelheit auf. Offenbar war er auf dem Weg zu seinem Zelt und hatte Klaus' letzte Worte gehört.

»Was ist hier los?« Er sah Fiona und Klaus scharf an. »Wo wart ihr?«

Fiona machte ein schuldbewusstes Gesicht und schwieg. Klaus schien erst alles abstreiten zu wollen, aber dann sah er ein, dass er damit nicht durchkommen würde, und erzählte die ganze Geschichte noch einmal.

Auf Tobias' Stirn erschien eine steile Falte. »Hab ich euch nicht ausdrücklich gesagt, ihr sollt euch vom Spukhaus fernhalten? Was denkt ihr euch eigentlich dabei, mitten in der Nacht dort herumzuschleichen?«

Klaus sah zu Boden. »Ich weiß echt nicht, warum du dich so aufregst ... Es ist doch gar nichts passiert ...«

»Das wird sich zeigen«, murmelte Tobias und sah zu den Dünen hinüber. Er schien es plötzlich eilig zu haben. »Ihr geht jetzt schnurstracks ins Bett. Und in Zukunft verlasst ihr nach Anbruch der Dunkelheit nicht mehr das Camp, ist das klar?« Er wartete ihre Antwort nicht ab, sondern verschwand zwischen den Zelten.

Fiona seufzte. »Na dann, gute Nacht. Ich geh

schlafen.« Ihre Stimme klang ungewöhnlich dünn.

»Warte, ich komme mit.« Klaus lächelte Kim und Marie unsicher zu und folgte Fiona.

»So ein Blödmann!«, zischte Marie kaum hörbar. »Er ist bestimmt nur deshalb zum Spukhaus gegangen, um dort in aller Ruhe mit Fiona herumknutschen zu können.«

»Na und?«, sagte Kim. »Du willst doch sowieso nichts von ihm.«

»Das nicht, aber hier geht's um's Prinzip.« Marie sah wütend aus. »Vor ein paar Tagen hat er mir noch was von großer Liebe erzählt, und als er bei mir abgeblitzt ist, hat er sich sofort an die Nächste herangemacht. Das ist echt das Letzte!«

Kim nickte. »Stimmt. Aber so sind Jungs eben. Zumindest die meisten.« Sie musste an Michi denken, dem sie so ein schäbiges Verhalten nie im Leben zutrauen würde. Doch sofort schob sich das lächelnde Gesicht von Tobias vor ihr inneres Auge und Michis Bild verschwand.

»Warum hatte es Tobias wohl plötzlich so eilig?«, überlegte Marie. »Ob er zum Spukhaus wollte?«

»Schon möglich«, sagte Kim. »Vielleicht will er nach dem Rechten sehen. Irgendwer scheint sich ja dort herumzutreiben.«

Marie versuchte, mit ihrem Blick die Nacht zu durchdringen, aber die Dünen hinter dem Camp lagen in absoluter Dunkelheit. »So ein Mist!«, schimpfte sie. »Wir hätten ihm folgen sollen, um herauszufinden, was er vorhat. Aber ich war so abgelenkt von dieser dummen Geschichte mit Klaus, dass ich überhaupt nicht daran gedacht habe.«

Kim gähnte. »Jetzt ist es sowieso zu spät. Tobias ist längst über alle Berge.« Ihr war es gar nicht so unrecht, dass ihr eine nächtliche Verfolgungsjagd durch die Dünen erspart blieb. Allein bei dem Gedanken an eine weitere Begegnung mit dem weinenden Geist bekam sie eine Gänsehaut.

Marie stieß einen ärgerlichen Seufzer aus. »Dann bleibt uns wohl nichts anderes übrig, als auch schlafen zu gehen.«

Detektivtagebuch von Kim Jülich
Montag, 21:59 Uhr

Tobias war gestern offenbar die ganze Nacht unterwegs. Ich bin heute Morgen um kurz nach fünf aufgewacht, weil ich aufs Klo musste, und habe zufällig gesehen, wie er zu seinem Zelt gegangen ist. Er schien aus den Dünen zu kommen. Wo er wohl gewesen ist? Ob er die ganze Zeit beim Spukhaus war? Franzi und Marie sind der Meinung, dass er sich dort mit seinen Komplizen getroffen und irgendetwas ausgeheckt hat. Ich weiß so langsam nicht mehr, was ich glauben soll …

Ansonsten hat die Beschattung heute nur wenig Neues ergeben. Abgesehen davon, dass sich Tobias ziemlich oft in Quasimodos Nähe aufhält. Beim Essen hat er sich an Quasimodos Tisch gesetzt und hinterher ist er ihm zum Geräteschuppen gefolgt. Allerdings haben die beiden kein einziges Wort miteinander geredet. Sieht fast so aus, als würde Tobias den Alten unauffällig beobachten. Aber warum? Kennen sie sich? Sind sie Komplizen? Oder hat Tobias Quasimodo wegen irgendetwas im Verdacht? Hat er ihn letzte Nacht etwa beim Spukhaus gesehen? Der Alte ist zwar etwas unheimlich, aber ich kann mir nicht vorstellen, dass er in kriminelle Machenschaften verwickelt ist. Dafür ist er viel zu verrückt und durcheinander.

Doch vielleicht wissen wir bald Genaueres. Wir haben nämlich beschlossen, das Spukhaus heute Nacht zu beobachten. Irgendetwas scheint dort vor sich zu gehen und wir wollen herausfinden, was. Später mehr!

Geheimes Tagebuch von Kim Jülich
Montag, 22:15 Uhr

Warnung: Lesen für Unbefugte
(alle außer Kim Jülich) streng verboten!
Das gilt auch für kopflose Piraten
und weinende Geister!

Hilfe! Ich bin völlig verwirrt! Ist Tobias wirklich der nette Typ, für den ich ihn halte? Oder haben Marie und Franzi recht und hinter seiner sympathischen Maske versteckt sich ein eiskalter Verbrecher? Vor ein paar Tagen war ich mir noch ganz sicher, dass er nichts mit den merkwürdigen Vorfällen im Camp zu tun hat, aber inzwischen ... Die Wahrheit ist: Ich weiß es einfach nicht! Es spricht wirklich einiges gegen Tobias. Was verbirgt sich hinter seinem verdächtigen Verhalten? Vielleicht werden wir es heute Nacht herausfinden. Ich hoffe so sehr, dass sich Tobias als unschuldig herausstellt! Ich könnte es nicht ertragen, mich so furchtbar in ihm getäuscht zu haben!

Ehrlich gesagt habe ich bei dem Gedanken an unsere nächtliche Aktion ein ziemlich mulmiges Gefühl. Am liebsten würde ich mich in meinen molligen Schlafsack verkriechen und das Spukhaus Spukhaus sein lassen. Was, wenn sich dort wirklich Verbrecher herumtreiben? Oder etwas noch Gefährlicheres ...

Aber ich kann Franzi und Marie natürlich nicht im Stich lassen. Ich muss versuchen, meine Angst zu überwinden. Gespenster gibt es nicht!

Oder?!?

Rache ist süß

In dieser Nacht war es ausnahmsweise einmal beinahe windstill. Eine dünne Wolkendecke hatte den Himmel überzogen und nur hin und wieder blitzte ein Stern dahinter hervor. Der Mond war nicht zu sehen.

»So was Blödes!«, schimpfte Franzi leise, als sich die drei !!! gegen Mitternacht aus dem Camp schlichen. »Man sieht ja nicht mal die Hand vor Augen!«

»Hoffentlich verlaufen wir uns nicht in den Dünen«, murmelte Kim.

»Unsinn.« Marie bildete den Abschluss der kleinen Expedition. »Den Weg zum Spukhaus kann man selbst im Dunkeln nicht verfehlen. Und wenn wir nichts sehen, sieht uns wenigstens auch keiner. Die Dunkelheit ist der beste Schutz, den wir uns wünschen können.«

Die drei !!! ließen das Camp hinter sich, ohne dass jemand ihr Verschwinden bemerkte. Als sie in den schmalen Sandweg zum Spukhaus einbogen, hielt sich Kim dicht hinter Franzi. Ihre Nerven waren zum Zerreißen gespannt und sie zuckte bei jedem Geräusch zusammen.

»Was war das?«, flüsterte sie, als neben dem Weg ein Rascheln ertönte, und krallte ihre Finger in Franzis Oberarm.

»Aua, lass los!«, schimpfte Franzi. »Du tust mir weh!«

»Das war bestimmt nur ein Kaninchen«, sagte Marie beruhigend. »Davon gibt es hier jede Menge.«

Die Mädchen setzten ihren Weg so leise wie möglich fort. Sie hatten beschlossen, vorläufig auf die Benutzung ihrer Taschenlampe zu verzichten, um möglichst ungesehen zum Spukhaus zu gelangen. Wer auch immer sich dort herumtrieb, sollte sie schließlich nicht bemerken.

Kim hielt unwillkürlich Ausschau nach einer weißen Gestalt in den Dünen, aber in der tintendicken Dunkelheit hätten sie wahrscheinlich nicht einmal eine ganze Fußballmannschaft aus Gespenstern bemerkt.

Als sie das Spukhaus erreichten, frischte der Wind plötzlich auf und die Wolken am Himmel gerieten in Bewegung. Für einen Augenblick wurde die nähere Umgebung von einem blassen Mond erhellt und Kim konnte die Mauern des Fischerhauses und den alten Schuppen erkennen, der düster daneben aufragte. Sie hatte eigentlich nicht die geringste Lust, sich dem Spukhaus weiter zu nähern. Wie schon bei ihrem letzten Besuch spürte sie in der unmittelbaren

Nähe dieses verfluchten Ortes einen eiskalten Hauch, der ihr eine Gänsehaut nach der anderen über den Rücken jagte. Lag das nur an den Schauergeschichten, die sie über diesen Platz gehört hatte? Oder schlich sich die Trauer des toten Mädchens in ihr Herz? Die Trauer über ihre verlorene Liebe ... Ein Windstoß fuhr über den Hof und Kim zog fröstelnd die Schultern hoch.

»Scheint alles ruhig zu sein«, bemerkte Franzi, nachdem sie sich hinter den hohen Strandhafer zurückgezogen hatten. »Keine Lichter, keine Schritte und keine Stimmen.«

»Offenbar sind wir heute Nacht die Ersten«, flüsterte Marie. »Wir sollten uns im Schuppen verstecken. Von dort aus sind wir nahe am Geschehen und haben einen guten Überblick.«

Kim stöhnte leise. »Muss das sein? Ich meine ... immerhin hat sie sich da drinnen umgebracht ...«

»Du glaubst doch nicht etwa an Gespenster, oder?« Franzis spöttisches Grinsen war im Mondlicht nicht zu übersehen und Kim warf ihr einen wütenden Blick zu.

»Natürlich nicht«, behauptete sie. »Ich finde nur, wir können genauso gut bleiben, wo wir sind. Von hier aus bekommen wir auch alles mit.«

»Und was ist, wenn sich jemand von hinten anschleicht?«, fragte Marie. »Dann sitzen wir in der Patsche.«

»Stimmt«, gab Kim zu und seufzte. »Also gut, überredet.«

Vorsichtig umrundeten die drei !!! das Gelände und näherten sich dem Schuppen von der Rückseite her. Die hohen Steinwände ragten dunkel vor ihnen auf. Das schwere Holztor war verschlossen. Franzi schob den Riegel zur Seite und das Tor schwang geräuschlos auf.

»Komisch, dass die Scharniere gar nicht quietschen«, murmelte Franzi. »Und der Riegel ist kein bisschen verrostet. Irgendwer muss das Tor vor Kurzem geölt haben.«

Die drei !!! schlüpften in den Schuppen. Fahles Mondlicht schien zwischen den alten Holzbalken hindurch, die noch vom Dach übrig geblieben waren. Der größte Teil des Daches war allerdings schon vor langer Zeit eingestürzt.

»Hoffentlich fällt uns gleich nicht so ein Balken auf den Kopf«, murmelte Franzi und sah misstrauisch nach oben.

Kim folgte ihrem Blick. Halb erwartete sie, einen Strick mit einer Schlinge von einem der Balken baumeln zu sehen. Aber das war natürlich kompletter Unsinn. Einen Strick gab es hier genauso wenig wie ein weinendes Gespenst. Alles, was Kim im Mondlicht erkennen konnte, war ein großer, kahler Raum. In einer Ecke türmte sich altes Gerümpel, in einer anderen lagen zerschlagene Dachpfannen, Steine und geborstene

Holzbalken. Ansonsten schien der Schuppen leer zu sein.

»Siehst du? Kein Gespenst weit und breit.« Franzi kicherte.

Kim ignorierte diese Bemerkung – genauso wie den kalten Schauer, der ihr über den Rücken lief. Sie musste die ganze Zeit an das arme Fischermädchen denken, das sich vor langer Zeit hier das Leben genommen hatte. Es musste einfach schrecklich sein, ganz alleine in diesem Schuppen eingesperrt zu werden. Ob sie große Angst gehabt hatte? Bestimmt hatte sie sich wahnsinnig nach ihrem Geliebten gesehnt. Und schließlich beschlossen, dass ihr Leben ohne ihn sinnlos war ...

»Kommt mal her!« Maries flüsternde Stimme unterbrach Kims düstere Gedanken. »Von hier aus hat man einen prima Blick auf den Hof und das Haus.« Sie stand vor einem kleinen Loch, das sich genau in Augenhöhe in der Steinmauer befand.

»Lass mal sehen.« Franzi schubste Marie zur Seite. »Stimmt! Am besten wechseln wir uns mit der Überwachung ab. Ich fange an, okay?«

»In Ordnung«, sagte Marie und Kim nickte.

Kim setzte sich auf den staubigen Boden, lehnte ihren Rücken gegen die kalte Steinwand und schloss die Augen. Am liebsten hätte sie sich einfach ins Land der Träume geflüchtet, aber sie wusste genau, dass sie an diesem unheimlichen Ort keine Sekunde schlafen könnte. Und wenn doch, hätte sie wahrscheinlich sowieso nur einen Albtraum nach dem anderen.

Die Minuten krochen quälend langsam dahin. Eine halbe Stunde verging, dann eine ganze. Als Kims Armbanduhr ein Uhr nachts anzeigte, war immer noch nichts passiert. Neben ihr saß Franzi auf dem Boden und hatte die Beine von sich gestreckt. Ihre Augen waren geschlossen und ihr Kopf sank langsam auf Kims Schulter hinunter. Kim gähnte und beneidete Franzi um die Fähigkeit, immer und überall schlafen zu können.

Plötzlich stieß Marie, die zum zweiten Mal in dieser Nacht den Wachposten vor dem Guckloch eingenommen hatte, ein leises Zischen aus.

»Was ist los?«, flüsterte Kim.

»Da draußen tut sich was«, hauchte Marie so leise, dass Kim sie nur mit Mühe verstand.

Sofort spannten sich sämtliche Muskeln in Kims Körper an. Franzi wurde wach und Kim bedeutete ihr, still zu sein. Aufmerksam lauschte sie in die Nacht hinaus. Und dann hörte sie etwas. Ein Rascheln und leise Stimmen.

»Da kommt jemand!«, flüsterte Marie. »Sieht aus, als wären es zwei Personen. Aber ich kann sie in der Dunkelheit nicht erkennen.«

Kim sprang auf und stellte sich neben Marie.

»Lass mich auch mal sehen!« Marie trat einen Schritt zur Seite und Kim presste ihr Gesicht gegen das Loch. Tatsächlich! Auf dem Sandweg bewegte sich etwas. Zwei Gestalten kamen auf das Spukhaus zu. Kim konnte ihre Stimmen hören.

»Puh, ist das unheimlich hier! Sollen wir nicht lieber woanders hingehen?«

»Ach was! Hier ist doch niemand. Und nach dem, was Klaus und Fiona letzte Nacht erzählt haben, kommt auch bestimmt keiner aus dem Camp her. Glaub mir, hier sind wir völlig ungestört.«

Es handelte sich offenbar um einen Jungen und ein Mädchen. Irgendwie kamen Kim die Stimmen bekannt vor ... Ehe sie länger darüber nachdenken konnte, wurde sie jedoch unsanft von Franzi beiseitegestoßen.

»Ich glaub's einfach nicht!«, murmelte sie fassungslos, nachdem sie einen Blick durch das Loch geworfen hatte. »So ein Mistkerl!«

Jetzt ging Kim ein Licht auf. Die Stimme des Jungen gehörte Felix! Und die Mädchenstimme klang stark nach Mimi. Aber Felix hatte bisher doch nur Augen für Franzi gehabt! Gestern Abend noch hatten die beiden eng umschlungen am Feuer gesessen. Hatte er etwa die ganze Zeit mehrere Eisen im Feuer gehabt?

»Mir gefällt es hier nicht«, jammerte Mimi. »Bitte lass uns umkehren.«

»Keine Angst, ich beschütze dich.« Felix' Stimme klang beruhigend. »Sollen wir in den Schuppen gehen? Dann suchen wir uns ein kuscheliges Plätzchen und machen es uns gemütlich.«

»Lieber nicht. Der Schuppen ist mir viel zu gruselig.«

»Na gut, dann bleiben wir eben draußen. Hier ist es doch auch ganz nett, oder?« Ein leises, schmatzendes Geräusch war zu hören. Die beiden küssten sich!

»Stimmt«, murmelte Mimi zwischen zwei Küssen. Dann begann sie zu kichern. »He, lass das! Das kitzelt!«

Franzi trat einen Schritt vom Guckloch zurück und machte ein angewidertes Gesicht. »Dieser hinterhältige Typ knutscht doch tatsächlich mit Mimi herum«, zischte sie. »Direkt vor meiner Nase! Das ist echt das Allerletzte. Na warte, dem werd ich's zeigen!« Sie ballte die Hände zu Fäusten.

»Psst!«, machte Marie eindringlich, aber es war schon zu spät.

»Was war das?«, fragte Mimi draußen vor dem Schuppen. »Hast du auch was gehört?«

»Nein«, sagte Felix. »Da war nichts, glaub mir.«

»Ich hab aber was gehört!«, beharrte Mimi.

In diesem Moment ertönte ein Wimmern. Erst war es ganz leise, dann wurde es immer durchdringender. Kim zuckte zusammen und ihr Herzschlag setzte für einen Moment aus. War der weinende Geist etwa zurückgekehrt?

Aber dann sah sie, dass das Wimmern keineswegs von einem Gespenst stammte, sondern von einem Menschen aus Fleisch und Blut. Franzi hatte den Mund geöffnet und stieß traurige, klagende Laute aus, die Kim durch Mark und Bein gingen. In der Dunkelheit hörte sich das Weinen absolut schaurig an.

»W... was ist das?«, krächzte Mimi.

»Keine Ahnung.« Felix' Stimme klang ebenfalls etwas wackelig. »Vielleicht eine Möwe oder so was.«

Jetzt holte Franzi die Taschenlampe hervor und ließ ihren hellen Schein geisterhaft durch den Schuppen wandern.

Mimi begann zu kreischen. »Da ist was im Schuppen! Ein Gespenst! Der Geist des weinenden Mädchens!«

»Nichts wie weg hier!«, brüllte Felix.

Über Franzis Gewimmer hinweg konnte Kim hastige Schritte hören, die allmählich leiser wurden und schließlich ganz verklangen.

Franzi stellte ihr klagendes Geheul augenblicklich ein. Sie grinste zufrieden. »Ha! Jetzt weiß ich endlich, warum es immer heißt, Rache sei süß.«

Kim und Marie sahen sich an und prusteten los.

In der Falle

»Mann, du könntest echt in der Geisterbahn auftreten«, kicherte Marie.

»Stimmt.« Kim hielt ihren Arm hoch. »Sieh dir das an. Ich hab eine richtige Gänsehaut gekriegt.«

Franzi gluckste vor Lachen. »Die beiden Turteltauben haben garantiert den Schreck ihres Lebens bekommen! Ich schätze, die Lust aufs Knutschen ist ihnen fürs Erste vergangen. Geschieht ihnen recht!« Franzi hörte auf zu lachen. Plötzlich erschien ein trauriger Ausdruck auf ihrem Gesicht. »Ich hätte nicht gedacht, dass Felix so ein oberflächlicher Aufreißertyp ist. Ich war mir ganz sicher, dass er sich wirklich für mich interessiert, dabei ging's ihm nur um diese dämliche Knutscherei. Und als ich gestern nicht gleich mitgemacht habe, hat er sich sofort eine andere gesucht. Wie konnte ich mich nur so in ihm täuschen?«

»Na also, da haben wir's mal wieder!«, rief Marie triumphierend. »Alle Jungs sind Schweine!«

»Felix hat gestern Abend versucht, dich zu

küssen?«, fragte Kim überrascht. »Davon hast du uns ja gar nichts erzählt.«

Franzi ließ den Kopf hängen. »Na ja ... es war mir irgendwie peinlich, weil die ganze Sache so blöd gelaufen ist. Nachdem ihr zum Zelt gegangen wart, haben wir noch eine Weile am Lagerfeuer gesessen. Irgendwann waren alle anderen weg und Felix fing plötzlich an, mich zu küssen. Ich war total überrumpelt. Damit hatte ich überhaupt nicht gerechnet.«

»Und was ist dann passiert?«, fragte Kim gespannt.

Franzi seufzte. »Ich bin einfach aufgesprungen und weggerannt. Total albern, oder?«

Kim legte den Arm um ihre Freundin. »Überhaupt nicht. Du warst eben noch nicht bereit dazu, ihn zu küssen. Und wenn er das nicht akzeptiert, sondern sich gleich eine andere sucht, ist er sowieso nicht der Richtige für dich, stimmt's?«

Franzi nickte widerstrebend. »Wahrscheinlich hast du recht.« Sie versuchte zu lächeln. »Wenigstens hab ich es ihm ordentlich heimgezahlt.«

Ein leises Geräusch drang an Kims Ohren und sie fuhr herum. Sie konnte gerade noch sehen, wie sich draußen ein Schatten dem halb geöffneten Schuppentor näherte. Das Tor schwang lautlos zu und der Riegel wurde krachend davorgeschoben.

Einen Augenblick waren die drei !!! wie gelähmt. Dann stürzte Franzi zum Tor und warf sich mit voller Wucht dagegen. Doch das Tor bewegte sich keinen Millimeter. Es war fest verschlossen.

»Aufmachen!«, rief Franzi und hämmerte gegen das schwere Holz. »Sofort aufmachen, verdammt noch mal!« Als sich auf ihre Rufe hin nichts tat, drehte sie sich zu ihren Freundinnen um und zuckte hilflos mit den Schultern. »Irgendwer hat uns eingeschlossen! Wir sitzen in der Falle.«

Kim merkte, wie Panik in ihr aufstieg. Jetzt waren sie im Schuppen gefangen – genauso wie vor vielen Jahren das Fischermädchen. Ob ihr Geist irgendwo in der Nähe war und sie beobachtete? Kim sah sich hektisch um, konnte aber nirgendwo eine weiße Gestalt entdecken. Ihr Mund war so trocken wie die Wüste Gobi und sie krächzte: »Wer kann das gewesen sein?«

Franzi überlegte. »Vielleicht sind Felix und Mimi noch einmal zurückgekommen ...«

»Das glaube ich nicht.« Marie schüttelte den Kopf. »Die beiden haben so einen Schreck gekriegt, dass sie garantiert direkt zurück ins Camp gerannt sind.«

»Aber wer war es dann?« Franzi machte ein ratloses Gesicht.

»Vielleicht ein Geist ...«, murmelte Kim. Marie und Franzi starrten sie an. Angst spiegelte sich auf ihren Gesichtern. Diesmal widersprachen sie nicht.

Ein scharrendes Geräusch ertönte auf dem Hof und Marie stürzte zum Guckloch. »Da draußen ist jemand!«, flüsterte sie. »Am Brunnen. Ein Gespenst scheint es allerdings nicht zu sein. Eher ein Mann.«

»Ist es ... Tobias?«, hauchte Kim und hielt den Atem an. Sollte Tobias sie etwa hier eingesperrt haben?

»Keine Ahnung.« Marie klang unsicher. »Schon möglich. Ich kann's nicht so genau erkennen.«

»Bestimmt ist er das.« Franzi schien keine Zweifel zu haben. »Wahrscheinlich trifft er sich hier wieder mit seinen Komplizen. Und als er unsere Stimmen gehört hat, hat er uns kurzerhand eingesperrt, damit wir nicht im Weg sind. Mist! Warum haben wir bloß so einen Lärm gemacht? Wahrscheinlich hat man unser Gegacker noch bis zum Strand gehört. Das war echt dämlich von uns.«

»Allerdings.« Kim seufzte und rieb ihre eiskalten Hände gegeneinander. »Aber das lässt sich jetzt nicht mehr ändern. Wir sollten lieber überlegen, wie wir hier rauskommen.«

»Das Tor kriegen wir nie im Leben auf«, stellte Franzi fest und klopfte gegen das Holz. »Solide Wertarbeit.«

Marie verließ ihren Beobachtungsposten am Guckloch und sah sich aufmerksam im Schuppen um. »Die Löcher in den Wänden sind leider auch alle zu klein. Da passt keine von uns durch.« Sie legte den Kopf in den Nacken. »Der einzige Fluchtweg scheint über das Dach zu führen.«

Kim folgte ihrem Blick. »Über das Dach? Aber wie sollen wir denn da raufkommen? Das ist doch viel zu hoch!« Allein bei der Vorstellung, oben auf den Dachbalken herumzuturnen, wurde ihr ganz schwindelig.

Franzi untersuchte die Mauer. »Mit etwas Glück könnte es klappen. Die Mauer eignet sich ganz gut zum Klettern, glaube ich.«

»Ja, solange sie nicht einstürzt«, murmelte Kim.

»Ich versuch's«, beschloss Franzi und begann, ein paar zerbrochene Dachschindeln aufeinanderzustapeln. Plötzlich hielt sie inne. »Was haben wir denn da?« Sie zog etwas aus dem Haufen aus Steinen und alten Schindeln. »Ein Stück Seil! Super! Dann kann ich mich von oben abseilen und muss nicht die ganze Mauer wieder hinunterkraxeln.«

Beim Anblick des Seils überlief es Kim eiskalt. Ob das der Strick war, mit dem sich die Fischerstochter erhängt hatte? Kim schüttelte den Kopf und verdrängte den Gedanken schnell wieder.

Sie durfte sich nicht länger in der Vergangenheit verlieren, sondern musste sich jetzt ganz auf ihre bevorstehende Flucht konzentrieren.

»Bist du sicher, dass das Seil hält?«, fragte Marie skeptisch. »Wenn es reißen sollte, kannst du dir alle Knochen brechen. Die Mauer ist schließlich ziemlich hoch.«

Franzi untersuchte den Strick. »Ach was, der hält schon. Ich mach ein paar Knoten hinein, dann kann ich gleich besser daran herunterklettern.« Sie versah das Seil in regelmäßigen Abständen mit mehreren Knoten, wickelte es sich um die Hüfte und stieg auf den Dachziegelhaufen. Er wackelte bedenklich, aber Kim und Marie waren sofort zur Stelle und stützten Franzi.

»Du musst das nicht tun, wenn du es für zu gefährlich hältst«, sagte Kim. »Es gibt bestimmt noch einen anderen Fluchtweg.«

»Wenn ihr ihn gefunden habt, sagt mir Bescheid.« Franzi, die gerade ihren Fuß in eins der Löcher gestellt hatte, zog sich nun langsam an der Mauer hoch. »Ich hab nämlich keine Lust, hier drinnen zu verschimmeln. Außerdem zahlt sich so endlich der Kletterkurs vom Sportclub aus, den ich letztes Jahr mitgemacht habe. Die Kletterwände in der Halle sahen fast genauso aus wie die Wand hier. Der einzige Unterschied ist, dass ich hier nicht angeseilt bin.« Franzi schnaufte und hörte auf zu reden. Offenbar brauchte sie jetzt ihre ganze Puste zum Klettern.

Kim ließ Franzi nicht aus den Augen und bohrte vor lauter Aufregung ihre Fingernägel in die Handflächen. Eigentlich war diese Aktion totaler Wahnsinn. Was, wenn Franzi abstürzte? Je höher sie kam, desto mehr brach Kim der Angstschweiß aus. Sie wollte nicht mehr hinsehen, konnte ihren Blick aber auch nicht abwenden.

Ganz langsam schob sich Franzi immer höher hinauf. Sie ging sehr sorgfältig vor und prüfte gründlich jeden Mauervorsprung und jedes Loch, bevor sie ihren Fuß hineinstellte und sich mit beiden Armen weiter hochzog. Aber auf halber Höhe erwischte sie trotzdem einen losen Stein, der polternd zu Boden fiel. Kim und Marie sprangen zur Seite. Kims Herz raste, als sie sah, wie Franzi einen Augenblick gefährlich schwankte. Aber dann griff Franzi nach einem hervorstehenden Balken und fand ihr Gleichgewicht wieder. Kim atmete auf.

»Puh, das war knapp!«, seufzte Marie. »Alles in Ordnung, Franzi?«

»Alles klar«, ertönte Franzis Stimme hoch über ihren Köpfen. Sie klang etwas zittrig. »Gleich hab ich's geschafft!«

Noch zwei Handgriffe, dann war Franzi oben angekommen. Sie schwang ihr rechtes Bein über einen der Dachbalken und machte eine kurze Verschnaufpause.

Marie warf einen Blick durch das Guckloch. »Tobias ist nicht mehr zu sehen. Vielleicht ist er ins Haus gegangen. Ein Glück, dann bekommt er nicht so schnell mit, dass wir abhauen wollen.«

Kim sah zu Franzi hinauf. Sie thronte wie eine übergroße Möwe hoch über ihnen auf dem Dach und war gerade dabei, sich das Seil von der Hüfte zu wickeln. Ein Ende befestigte sie sorgfältig an einem Balken und überprüfte den Knoten noch einmal. Er schien zu halten. Vorsichtig schwang Franzi ihr Bein über den Balken und begann, sich außen an der Mauer abzuseilen, wobei sie sich vorsichtig von einem Knoten zum nächsten hangelte. Bald war sie aus Kims Blickfeld verschwunden. Nur das leise Geräusch des Seils war zu hören, das hin und wieder gegen die Außenwand der Mauer schlug.

»Hoffentlich hält das Seil«, murmelte Kim beschwörend und drückte fest beide Daumen.

Da ertönte ein Plumpsen außerhalb des Schuppens und Kim stürzte zum Guckloch. Aber von Franzi war weit und breit nichts zu sehen. Der Hof lag leer und verlassen im Mondschein.

»Wo bist du, Franzi?«, flüsterte Kim. »Ist dir was passiert?«

»Alles paletti, bin sicher gelandet.« Franzis Gesicht tauchte vor dem Guckloch auf. Sie grinste. »Ich lasse euch jetzt raus.«

Wenige Sekunden später hörten Kim und Marie, wie der Riegel hochgeschoben wurde. Das Tor schwang auf und Franzi flüsterte: »Na, wie hab ich das gemacht?«

Kim war so erleichtert, dass sie Franzi um den Hals fiel und sie ganz fest an sich drückte. »Mann, ich hatte solche Angst, dass du abstürzt und dir alle Knochen brichst!«

»Ich doch nicht.« Nach der gelungenen Aktion war Franzi wieder das Selbstbewusstsein in Person. »Schließlich bin ich ein absolutes Ass im Klettern.«

»Das war wirklich eine Spitzenleistung!« Marie klopfte Franzi anerkennend auf den Rücken. »Aber jetzt sollten wir sehen, dass wir hier wegkommen, ehe Tobias wieder auftaucht und uns einen Strich durch die Rechnung macht.«

Die drei !!! schlüpften aus dem Schuppen und schlossen leise das Tor hinter sich. So würde es hoffentlich eine Weile dauern, bis Tobias – oder wer auch immer sie eingesperrt hatte – mitbekam, dass seine Gefangenen längst über alle Berge waren.

Franzi kicherte, während sie auf Zehenspitzen um den Schuppen herumschlichen. »Ich würde zu gerne Tobias' Gesicht sehen, wenn er unsere

Flucht bemerkt. Er hat bestimmt keine Ahnung, wie wir es geschafft haben zu entkommen.«

»Vielleicht denkt er ja, uns sind Flügel gewachsen und wir sind einfach davongeflogen«, flüsterte Marie und lachte leise.

Sie hatten den Hof beinahe umrundet, als plötzlich ein ohrenbetäubendes Scheppern ertönte.

»Mist!«, zischte Franzi und blickte ärgerlich auf einen verrosteten Eimer, den sie aus Versehen umgestoßen hatte. In der Dunkelheit war er nicht zu sehen gewesen.

Die drei !!! blieben wie erstarrt stehen und lauschten mit angehaltenem Atem. Nach dem Lärm dröhnte ihnen die nächtliche Stille geradezu in den Ohren. Kim wagte kaum zu atmen. Ob sie jemand gehört hatte?

Eine Tür quietschte und schnelle Schritte näherten sich. Eine dunkle Gestalt kam auf die Mädchen zu und eine Stimme rief: »Keine Bewegung, sonst knallt's!«

»Nichts wie weg hier!«, zischte Marie und rannte los.

Kim wollte ihr folgen, aber ihre Beine bewegten sich nicht. Franzi schien es ähnlich zu gehen. Vor Schreck wie gelähmt stand sie neben Kim und starrte den Schatten an, der sich drohend vor ihnen aufbaute und mit einem schwarzen Ding, das erschreckende Ähnlichkeit mit einer

Pistole hatte, vor ihren Gesichtern herumfuchtelte. Kim schnappte nach Luft. Es war tatsächlich eine Pistole! Die Angst schoss ihr wie ein Faustschlag in den Magen. Kim merkte, wie ihr übel wurde. Sie riss sich zusammen. Ruhe bewahren! Jetzt nur nicht zusammenklappen! Aus dieser brenzligen Situation würde sie nur mit einem kühlen Kopf lebend wieder herauskommen.

»Was habt ihr hier zu suchen?«, dröhnte die Stimme. Sie kam Kim irgendwie bekannt vor. Tobias war es nicht, so viel war sicher. Seine Stimme hätte Kim unter tausenden wiedererkannt. Einen Moment lang spürte sie grenzenlose Erleichterung. Vielleicht war Tobias ja doch unschuldig!

Franzi zeigte mit zitternden Fingern auf die Pistole und krächzte: »Ist die ... ist die etwa echt?«

»Natürlich.« Der Mann lachte heiser. »Denkst du, ich lauf mit einer Spielzeugpistole durch die Gegend?«

Der Mond brach durch die Wolken und erhellte für einen kurzen Moment das Gesicht des Mannes. Trotz der dunklen Wollmütze, die er sich tief in die Stirn gezogen hatte, erkannte Kim ihn sofort. Sie schnappte überrascht nach Luft. Quasimodo!

Franzi hatte ihn auch erkannt. »Was wollen Sie von uns, Herr Höller?«, fragte sie und versuchte, ruhig und überlegen zu klingen. Trotzdem entging Kim nicht das leichte Zittern in ihrer Stimme. »Lassen Sie uns gehen, Sie haben kein Recht, uns hier festzuhalten.«

Quasimodo stieß wieder sein heiseres Lachen aus. Kim fiel auf, dass er sich plötzlich sehr gerade hielt und die Hand, mit der er die Pistole umschloss, kein bisschen schwankte. Auch der Buckel war verschwunden und seine Augen leuchteten klar und hell. In seinem Blick lag etwas Grausames, das Kim frösteln ließ. Dieser kalte und berechnende Mann hatte kaum noch Ähnlichkeit mit dem verwirrten Alten, der ihnen am Lagerfeuer Schauergeschichten erzählt hatte. Franz Höller hatte ihnen die ganze Zeit etwas vorgemacht! Er war offensichtlich wesentlich gefährlicher, als sie gedacht hatten ...

»Ihr bleibt erst mal hier.« Franz Höller lächelte mit schmalen Lippen. »Tja, das habt ihr nun davon, ihr neugierigen Gänse. Warum musstet ihr euch auch nachts hier herumtreiben? Ich dachte, ich könnte euch mit meinen Gruselgeschichten vom Spukhaus fernhalten, aber offenbar hat das euer Interesse erst recht angestachelt. Wie seid ihr übrigens aus dem Schuppen entkommen?«

Franzi grinste. »Geflogen. Wie denn sonst?«

»Du hältst dich wohl für besonders schlau, was?« Quasimodo schnaubte. »Na warte, das Grinsen wird dir schon noch vergehen. Auf geht's, bewegt euch!« Er winkte ihnen mit der Pistole zu.

Kim und Franzi tauschten einen schnellen Blick. Kim deutete ein Schulterzucken an. Im Moment blieb ihnen wohl nichts anders übrig, als Quasimodos Aufforderung Folge zu leisten. Langsam setzten sie sich in Bewegung. Franz Höller dirigierte sie zum Spukhaus hinüber, die Pistole hielt er die ganze Zeit drohend auf sie gerichtet. An Flucht war nicht zu denken. Kim sah zu den Dünen und hoffte inständig, dass Marie glücklich entkommen war. Ob sie es bis zum Camp schaffen würde? Und wie lange würde es dauern, bis sie mit Hilfe zurückkam?

Ohne ein weiteres Wort zu sagen, scheuchte Quasimodo die Mädchen über den Hof. Die Tür des Spukhauses stand offen. Aus dem Türspalt fiel flackerndes Licht auf den sandigen Boden. Kim zögerte. Was würde sie dort drinnen erwarten?

»Nicht so schüchtern! Hinein in die gute Stube!«, befahl Quasimodo und fuchtelte ungeduldig mit der Pistole.

Kims Magen zog sich vor Angst zusammen. Bevor sie hinter Franzi das Spukhaus betrat, schickte sie einen stummen Hilferuf in den dunklen Nachthimmel.

Beeil dich, Marie! Lass uns nicht im Stich! Du bist jetzt unsere letzte Hoffnung!

Freund oder Feind?

Marie stolperte durch die dunklen Dünen. Der Wind zerzauste ihre langen Haare und sie versuchte, mit weit aufgerissenen Augen die Schwärze der Nacht zu durchdringen, um nicht vom Weg abzukommen. Die Gedanken rasten durch ihren Kopf.

Schneller! Ich muss Hilfe holen! Nur nicht den Weg verlieren. Wer war der Mann? War es Tobias? Und was hatte er in der Hand? Etwa eine Pistole? Was hat er mit Franzi und Kim vor? Ich muss ihnen helfen! Schneller, schneller, schneller!

Als der kleine, schwarze Gegenstand vor ihrem inneren Auge auftauchte, der im Mondlicht in der Hand des Mannes geglänzt hatte, brach Marie kalter Angstschweiß aus. Was, wenn es wirklich eine Pistole gewesen war? Und wenn er damit genau in diesem Moment Kim und Franzi bedrohte? Warum hatten die beiden nicht auch die Flucht ergriffen? Ob sie sauer waren, weil Marie sie zurückgelassen hatte? Aber es war alles so schnell gegangen! Marie hatte aus einem reinen Reflex heraus gehandelt. Ihre Beine waren ganz von allein davongelaufen. Doch so hatte sie jetzt wenigstens die Möglichkeit, Hilfe zu holen. Sie musste so schnell wie möglich zurück ins Camp und dort Alarm schlagen. Ehe dieser Mistkerl ihren Freundinnen irgendetwas antun konnte …

Marie legte noch einen Zahn zu. Wie ein gehetztes Stück Wild schoss sie den Sandweg hinunter. An einer Weggabelung blieb sie kurz stehen. Rechts oder links? Rechts! In ihrer Aufregung wäre sie beinahe falsch abgebogen. Sie musste sich zusammenreißen. Wenn sie sich jetzt in den Dünen verlief, war alles verloren. Kim und Franzi zählten auf sie!

Plötzlich tauchte direkt vor Marie ein dunkler Schatten auf. Marie stieß unwillkürlich einen leisen Schrei aus. Sie konnte gerade noch rechtzeitig abbremsen und so einen Zusammenstoß verhindern. Ihr Fluchtreflex schickte eine Extraportion Adrenalin durch ihre Adern und jede einzelne Muskelfaser in ihrem Körper spannte sich an. In Maries Kopf schrillten sämtliche Alarmglocken.

Gefahr! Gefahr! Nichts wie weg hier! Wer zum Teufel treibt sich außer mir noch nachts in den Dünen herum? Wenn ich den falschen Leuten in die Hände falle, bin ich verloren …

Aber ehe Marie wegrennen konnte, blitzte ein heller Lichtstrahl vor ihrem Gesicht auf und sie schloss geblendet die Augen.

»Marie!«, rief eine helle Stimme. »Was machst du denn hier? Du hast mir vielleicht einen Schreck eingejagt!«

Marie riss die Augen auf. Im Schein der Taschenlampe, der jetzt auf den Boden gerichtet war, erkannte sie endlich, wen sie vor sich hatte.

»Connie! Du bist es!« Marie stieß einen erleichterten Seufzer aus. »Und ich dachte schon ...« Ihre Beine fühlten sich auf einmal an wie ausgeleierte Gummibänder. Marie merkte, dass sie am Ende ihrer Kräfte war. Der fehlende Schlaf, ihre Gefangennahme, die Flucht aus dem Schuppen, die Angst – und jetzt auch noch dieser furchtbare Schreck, als sie fast mit Connie zusammengestoßen war. Tränen schossen ihr in die Augen, und sie bekam plötzlich keinen Ton mehr heraus.

»Na, na, was ist denn los?« Connies Stimme klang wunderbar beruhigend. Marie schluchzte auf und Connie legte den Arm um sie. »Jetzt beruhig dich erst mal. Du bist ja total durcheinander. Was ist denn passiert? Und warum treibst du dich mitten in der Nacht hier draußen in den Dünen herum? Macht ihr eine Nachtwanderung oder so was?«

Marie zögerte. Sollte sie Connie die Wahrheit erzählen? Oder sie mit einer harmlosen Lügengeschichte abspeisen und zusehen, dass sie ins Camp kam? Aber Kim und Franzi brauchten so schnell wie möglich Hilfe! Connie hatte bestimmt ein Handy dabei. Wenn sie damit die Polizei anrief, wären die beiden viel schneller frei, als wenn Marie erst ins Camp lief und dort Alarm schlug. Warum hatten sie bloß ihre Handys im Zelt gelassen? Das war wirklich eine riesengroße Dummheit gewesen! Marie gab sich einen Ruck. Sie schniefte noch einmal, wischte sich die Tränen aus dem Gesicht und begann mit wackeliger Stimme zu erzählen. Connie hörte aufmerksam zu.

»Ihr wart also beim Spukhaus und seid dort von jemandem eingesperrt worden?«, fragte sie. Ihre Stimme klang sehr nüchtern. Wenn Maries Geschichte sie in irgendeiner Form überraschte, so ließ sie sich das zumindest nicht anmerken. »Und du konntest nicht erkennen, wer es war?«

Marie schüttelte den Kopf. »Es ging alles so schnell. Ich wollte nur weg.«

»Kann ich verstehen.« Connie seufzte. Marie meinte plötzlich, in ihren Augen so etwas wie Mitleid aufblitzen zu sehen. »Ihr hättet das nicht tun sollen. Es war dumm von euch, eure Nase in Dinge zu stecken, die euch nichts angehen.«

Marie starrte Connie verständnislos an. Was sollte das denn jetzt heißen? Plötzlich kam ihr ein furchtbarer Verdacht. Die ganze Zeit schon hatte eine sehr naheliegende Frage in ihrem Kopf herumgespukt, aber in ihrer Aufregung hatte sie sie nicht weiter beachtet. Ein fataler Fehler!

»Was machst *du* eigentlich hier?«, platzte Marie heraus und schüttelte Connies Arm ab. »Mitten in der Nacht in den Dünen? Bist du etwa auch auf dem Weg zum Spukhaus?«

Connie lächelte spöttisch. »Kluges Mädchen! Ja, in der Tat, ich wollte dem Spukhaus ebenfalls einen kleinen Besuch abstatten. Ich bin dort nämlich verabredet.«

Die Erkenntnis traf Marie wie ein blendend weißer Blitz. Wie hatte sie nur so blöd sein können? Warum war sie nicht sofort misstrauisch geworden, als sie Connie erkannt hatte? Es hätte ihr gleich auffallen müssen, dass da etwas nicht stimmte. Schließlich konnte es kaum ein Zufall sein, dass Connie mitten in der Nacht in Richtung Spukhaus unterwegs war. Sie steckte garantiert mit Tobias und seinen Komplizen unter einer Decke. Und wenn Marie jetzt nicht schnell handelte, saß sie ganz schön in der Patsche.

Schnell versuchte sie, ihre Fluchtchancen abzuschätzen. Der direkte Weg zum Camp war leider durch Connie versperrt. Aber es gab noch eine andere Möglichkeit: Sie musste zurück zum Spukhaus laufen und dort die Abzweigung zum Strand nehmen. Das war zwar ein Umweg, aber mit etwas Glück könnte sie es schaffen. Immerhin war sie durch ihr regelmäßiges Aerobictraining und die Joggingrunden mit Kim und Franzi gut in Form. Es wäre doch gelacht, wenn sie es nicht schaffen würde, Connie abzuhängen!

Ehe Connie reagieren konnte, fuhr Marie blitzschnell herum. Wenn sie den Überrumplungseffekt ausnutzte, konnte sie bestimmt einen guten Vorsprung herausschlagen. Denn falls Connie sie einholen sollte, war sie verloren ...

Aber bevor Marie so richtig durchstarten konnte, verstellte ihr eine zweite, hochgewachsene Gestalt den Weg. Simon! Marie biss die Zähne zusammen, um vor Ärger und Enttäuschung nicht laut zu fluchen. Eigentlich hätte sie sich denken können, dass Connie nicht alleine mitten in der Nacht in den Dünen unterwegs war. Warum hatte sie ihr nur in die Arme laufen müssen? So ein verfluchtes Pech aber auch!

Simon griff nach Maries Handgelenk und hielt es mit eisernem Griff fest. »Wen haben wir denn da? Unsere blonde Strandschönheit! Na, hast du dich verlaufen?«

Marie schüttelte den Kopf und warf Simon einen eiskalten Blick zu. »Keineswegs. Lassen Sie mich sofort los, Sie tun mir weh!« Sie versuchte, ihren Arm zu befreien, aber Simons Griff wurde nur noch eine Spur fester.

»Na, na, nicht so stürmisch!« Er sah zu Connie hinüber. »Was machen wir denn jetzt mit dieser kleinen Wildkatze?«

Connie zuckte mit den Schultern. »Ich schätze, wir müssen sie mitnehmen. Franz hat sich die beiden anderen Gören ja offenbar bereits geschnappt. Soll er entscheiden, was mit ihnen passiert.«

Marie runzelte die Stirn. Franz? Was für ein Franz? War das vielleicht Tobias' richtiger Name?

Simon drehte ihr grob den Arm auf den Rücken und stieß sie vorwärts. »Auf geht's! Zurück zum Spukhaus. Was für ein Glück, dass wir dich hier zufällig getroffen haben. Franz wird Augen machen, wenn wir dich mitbringen. Wahrscheinlich ärgert er sich gerade ein Loch in den Bauch, weil du ihm entwischt bist.« Simon kicherte leise. Sein Lachen jagte Marie einen Schauer über den Rücken. Jetzt wirkte er überhaupt nicht mehr so nett und sympathisch wie am Strand. Wie hatte sie nur jemals glauben können, er und Connie seien ein harmloses und freundliches junges Paar?

Plötzlich schoss Marie ein Gedanke durch den Kopf. »*Ihr* habt unsere Digitalkamera geklaut, stimmt's?«, stieß sie hervor. »Weil Kim am Strand aus Versehen Connie fotografiert hat.« Simon kicherte wieder. »Und da heißt es immer, Blondinen seien dumm wie Brot. Tja, die Kamera musste ich leider beschlagnahmen. Schließlich konnten wir nicht riskieren, dass irgendwo Fotos herumschwirren, die unsere Anwesenheit hier an der Küste beweisen. Wir legen nämlich großen Wert auf Diskretion und Anonymität, verstehst du?«

»Aber warum habt ihr das Bild nicht einfach gelöscht?«, fragte Marie weiter. »Das wäre doch viel unauffälliger gewesen, als die ganze Kamera zu klauen.«

»Allerdings.« Connies Stimme ertönte hinter ihnen. »Ich hab dir gleich gesagt, dass es ein Riesenfehler war, die Kamera mitgehen zu lassen. Aber du wolltest mir ja nicht glauben, Simon. Und jetzt haben wir den Salat.«

»Ja, ja, meine liebe Frau weiß natürlich immer alles besser!«, erwiderte Simon. Er klang leicht verbittert. »Warum hast du die Sache nicht selbst in Ordnung gebracht, wenn du so schlau bist? Immerhin warst du es, die so dämlich war, sich fotografieren zu lassen, und nicht ich!« Das Thema schien ein rotes Tuch für Simon zu sein. Offenbar hatten er und Connie schon öfter darüber diskutiert. »Was hätte ich denn machen sollen, als die Gören plötzlich viel zu früh von ihrer Nachtwanderung zurückgekommen sind? Hätte ich etwa sagen sollen: ›Sorry, ich wollte gerade ein Foto von eurer Kamera löschen. Lasst euch von mir nicht stören, ich bin gleich so weit.‹? Da fand ich es doch geschickter, die Kamera einzustecken und schnell zu verduften.«

»Dann hatte Tobias mit dem Diebstahl also

gar nichts zu tun?«, fragte Marie überrascht. Ihr Arm wurde in Simons brutalem Griff langsam taub, aber sie versuchte, den Schmerz zu ignorieren. Sie musste so viel wie möglich über die Pläne dieser Verbrecherbande erfahren. Jede Information konnte sich im Nachhinein als nützlich erweisen. Und vielleicht fand sie ja auch irgendetwas heraus, das ihnen später die Flucht erleichtern würde.

»Tobias?« Die Ratlosigkeit in Simons Stimme klang echt. »Welcher Tobias?«

Marie runzelte die Stirn. Hatten sie etwa den Falschen verdächtigt? Sollte Tobias gar nichts mit den kriminellen Machenschaften im Spukhaus zu tun haben? Oder war Simon einfach nur ein Meister der Verstellung?

Das Spukhaus kam in Sicht. Jetzt machte es seinem Namen alle Ehre. Mit dem flackernden Licht, das durch die glaslosen Fenster nach draußen fiel, sah es wirklich aus wie das perfekte Heim für unglückliche Gespenster und verfluchte Seelen. Marie lauschte, aber von Kim und Franzi war nichts zu hören. Keine Hilferufe, keine empörten Stimmen, nichts. Marie wurde es plötzlich eiskalt. Es war zu still hier. Viel zu still. Was hatte der Pistolenmann mit ihren Freundinnen gemacht? Marie wagte nicht, darüber nachzudenken, wie er sie zum Schweigen gebracht haben konnte …

»So, da wären wir«, stellte Simon fest. »Franz fragt sich bestimmt schon, wo wir bleiben.« Er stieß Marie grob über den Hof und klopfte dreimal leise an die Tür. Die Tür öffnete sich und ein faltiges Gesicht kam zum Vorschein. Marie schnappte nach Luft, als sie den Hausmeister der Jugendherberge erkannte. Franz Höller! *Franz!* Die Puzzleteile des auf dem Weg Gehörten fügten sich blitzschnell in ihrem Kopf zusammen. Dann steckte der Hausmeister also auch in der Sache drin!

»Na endlich«, brummte Franz Höller. »Ich dachte schon, ihr kommt gar nicht mehr.«

»Tut mir leid, aber wir wurden aufgehalten.« Simon schubste Marie ins Haus. Nachdem er und Connie ebenfalls eingetreten waren, schloss Quasimodo die Tür hinter ihnen. Endlich ließ Simon Marie los und sie rieb sich mit schmerzverzerrtem Gesicht ihren tauben Arm.

»Dafür haben wir dir auch etwas mitgebracht«, sagte Connie. »Die Kleine ist uns auf dem Weg hierher direkt in die Arme gelaufen.«

Franz Höller lächelte kalt. »Sehr gut! Dann kann sie ihren Freundinnen ja gleich Gesellschaft leisten.« Er bückte sich und zog an einem eisernen Ring, der direkt aus dem Boden zu wachsen schien. Doch beim genaueren Hinsehen erkannte Marie, dass es sich um eine versteckte Falltür handelte, die offenbar zu einem

Kellerverlies führte. »Bitte sehr, mein Fräulein!« Quasimodo machte eine einladende Handbewegung. »Ich wünsche einen angenehmen Aufenthalt.« Er grinste spöttisch.

Marie blieb nichts anderes übrig, als zu gehorchen. Zögernd ging sie auf das Loch im Boden zu und warf einen Blick hinein. Aber sie sah nichts als rabenschwarze Dunkelheit. Es war unmöglich abzuschätzen, wie weit es dort hinunterging. Was, wenn sie sich beim Sturz in die Tiefe alle Knochen brach? Von Kim und Franzi war immer noch nichts zu hören. Waren sie wirklich dort unten? Warum riefen sie nicht um Hilfe? Marie schluckte. Vielleicht waren sie ja gar nicht mehr in der Lage, irgendetwas zu rufen …

Ehe Marie diesen beunruhigenden Gedanken zu Ende spinnen konnte, bekam sie einen kräftigen Stoß in den Rücken. Sie verlor das Gleichgewicht und stürzte mit einem erschreckten Schrei in die Tiefe. Das Letzte, was sie hörte, war Quasimodos heiseres Lachen.

Wieder vereint

»Marie! Alles in Ordnung? Sag doch was, bitte!« Franzi rüttelte vorsichtig an Maries Schulter.

Kim sah auf Maries bleiches Gesicht hinunter. Sie lag bewegungslos auf dem kalten Boden des Kellerverlieses und hatte die Augen geschlossen. »Sie scheint ohnmächtig zu sein«, stellte Kim besorgt fest. »Vielleicht hat sie sich beim Sturz irgendetwas gebrochen. Wir müssen Erste Hilfe leisten! Wie ging noch mal die stabile Seitenlage?«

Doch ehe Kim etwas unternehmen konnte, begannen Maries Wimpern zu flattern. Sie schlug die Augen auf und sah sich verwirrt um.

»Wo bin ich?«, murmelte sie. »Was ist passiert?«

Franzi seufzte erleichtert. »Na endlich! Ein Glück, dass du wieder zu dir gekommen bist! Tut dir irgendwas weh? Bist du verletzt?«

Marie setzte sich langsam auf und hielt sich stöhnend den Hinterkopf. »Ich glaube, ich hab mir ganz schön den Kopf angeschlagen.«

Kim untersuchte die Stelle. »Das gibt garantiert eine ordentliche Beule. Aber es blutet nicht. Ist dir übel?«

Marie schüttelte vorsichtig den Kopf. »Nein, eigentlich nicht.«

»Dann hast du zumindest keine Gehirnerschütterung«, folgerte Kim.

»Glück im Unglück, was?« Marie grinste schief und sah sich um. »Wo, zum Teufel, sind wir hier?«

»Im Keller des Spukhauses«, erklärte Franzi. »Wahrscheinlich war das früher mal ein geheimer Piratenunterschlupf. Dieser fiese Franz hat uns hier unten eingesperrt. Ein echter Kotzbrocken! Ihm ist es offenbar völlig egal, ob wir uns den Hals brechen oder nicht. Zum Glück fällt man nicht sehr tief und der Boden ist aus Erde und nicht aus Stein. Sonst hätte das auch anders ausgehen können.«

»Wie kommst du überhaupt her?«, fragte Kim. »Ist Quasimodo dir gefolgt und hat dich erwischt, ehe du das Camp erreichen konntest?«

Marie lehnte sich erschöpft gegen die Kellerwand. »Das war gar nicht nötig.« Sie lachte bitter auf. »Ich war schon fast beim Camp, als ich zwei alten Bekannten in die Arme gelaufen bin. Connie und Simon.«

»Was?« Franzi riss erstaunt die Augen auf. »Und die beiden haben dir nicht geholfen?«

Marie seufzte. »Nein. Erst war ich total froh, als ich Connie erkannt habe. Ich dachte, sie wäre meine Rettung. Leider war das Gegenteil der

Fall. Connie und Simon stecken mit Franz Höller unter einer Decke. Die drei sind Komplizen.«

»Wie bitte?« Kim war total erschüttert. »Das gibt's doch nicht! Dabei wirkten die beiden immer so nett.«

Auch Franzi schüttelte fassungslos den Kopf. Ihr hatte es vor Überraschung glatt die Sprache verschlagen.

»Tja, so kann man sich täuschen.« Marie sah Kim und Franzi an und lächelte. »Ich bin echt froh, dass euch nichts passiert ist. Ich hatte schon das Schlimmste befürchtet. Es tut mir leid, dass ich es nicht geschafft habe, Hilfe zu holen. Jetzt sitzen wir ganz schön in der Patsche, was?«

»Kann man so sagen.« Franzi grinste. »Aber das ist schließlich nicht das erste Mal. Wir werden bestimmt eine Lösung finden.«

Marie sah sich in ihrem Gefängnis um. »Habt ihr schon eine Idee, wie wir hier herauskommen?«

»Leider nicht.« Franzi ließ den Lichtschein ihrer Taschenlampe durch das Kellerverlies gleiten. Der Raum war klein und die Decke niedrig. In einer Ecke lag ein Haufen aus zerrissenen Fischernetzen, alten Brettern und leeren Flaschen. »Die Mauern sind aus massivem Stein. Unter den Dünen scheint es jede Menge Felsen zu geben. Und die Falltür ist offenbar der einzige Ausgang.«

»So ein Mist«, murmelte Marie.

Kim seufzte. »Ja, es sieht wirklich nicht besonders gut für uns aus. Diesmal haben wir ein echtes Problem. Glaubt ihr, Quasimodo wird uns gehen lassen, wenn er mit Connie und Simon seine kriminellen Geschäfte abgewickelt hat?«

Franzi machte ein skeptisches Gesicht. »Schwer zu sagen. Ich an seiner Stelle würde es jedenfalls nicht tun. Schließlich haben wir ihn erkannt und können bei der Polizei gegen ihn aussagen. Auch wenn wir leider immer noch keinen blassen Schimmer haben, was er im Schilde führt. Ich würde zu gerne wissen, worum es hier eigentlich geht ...«

Kim schluckte. »Meinst du etwa, Quasimodo lässt uns einfach hier unten sitzen? Aber das kann er doch nicht machen! Ohne etwas zu essen und zu trinken haben wir nicht die geringste Überlebenschance!« Bei dem Gedanken daran, wie sie in diesem unheimlichen Kellerloch ganz langsam verdursten würden, wurde Kim erneut von Panik erfasst. Sie sprang auf und begann, unruhig auf und ab zu laufen. »Wir müssen hier raus!«, murmelte sie. »Ich halte das keine Sekunde länger aus ...«

»Keine Angst«, versuchte Marie ihre Freundin zu beruhigen. »Ich traue diesem Typ ja einiges zu, aber er will bestimmt nicht den Tod von drei Mädchen auf dem Gewissen haben. Ich schätze, sobald er und seine Komplizen sich in Sicherheit gebracht haben, geben sie der Polizei einen anonymen Tipp und wir werden befreit.«

»Na toll!« Franzi schien diese Aussicht nicht unbedingt aufzuheitern. »Das heißt, wir können noch locker ein paar Tage hier festsitzen. Ehrlich gesagt hab ich mir unseren Urlaub ein bisschen anders vorgestellt …«

»Aber die Leute aus dem Camp werden uns doch bestimmt suchen, oder?«, fragte Kim. Ein kleiner Hoffnungsfunke glimmte in ihren Augen auf. »Spätestens beim Frühstück werden sie merken, dass wir verschwunden sind. Und dann setzen Tobias und Tatjana garantiert alle Hebel in Bewegung, um herauszufinden, wo wir abgeblieben sind.«

»Ja, aber hellsehen können sie leider auch nicht«, gab Franzi zu bedenken. »Woher sollen sie denn wissen, dass wir zum Spukhaus gegangen sind? Und falls sie wirklich hier suchen sollten, wäre es schon ein riesiges Glück, wenn sie das Kellerverlies finden. Die Falltür ist schließlich ziemlich gut versteckt.«

Kim sackte in sich zusammen. »Stimmt. Wir haben verdammt schlechte Karten.« Sie merkte, wie sie von Hoffnungslosigkeit übermannt wurde. Hatte es überhaupt Sinn, nach einer Lösung zu suchen? Vielleicht gab es diesmal ja wirklich keine Rettung. Sie saßen hier fest – und damit basta.

Aber dann regte sich plötzlich Kims Kampfgeist. So leicht würde sie sich nicht geschlagen geben! Es kam gar nicht infrage, dass sie sich kampflos einfach in ihr Schicksal ergab. Kim straffte den Rücken und nahm Franzi die Taschenlampe aus der Hand. »Es muss doch irgendeine Möglichkeit geben, hier herauszukommen! Wenn dies früher wirklich ein Versteck der Piraten war, dann gibt es vielleicht auch einen zweiten Ausgang. Als Fluchtweg für Notfälle.« Sie begann hektisch, die kahlen Felswände abzuleuchten.

Franzi seufzte. »Wir haben doch schon alles untersucht. Es gibt keinen Fluchtweg!«

»Wer weiß.« Kim ließ sich nicht beirren. »Vielleicht waren wir einfach nicht gründlich genug.« Sie ging zu dem Gerümpelhaufen in der Ecke hinüber und stieß mit dem Fuß gegen ein paar leere Flaschen, die klirrend zur Seite rollten. Dann griff sie nach dem Knäuel aus löchrigen Fischernetzen und versuchte, es wegzuziehen. »Helft mir doch mal! Dieses Zeug ist furchtbar schwer.«

Franzi erhob sich und ging Kim zur Hand. Gemeinsam schafften sie es, den Haufen aus ineinander verschlungenen Netzen und Tauen zur Seite zu zerren.

»Igitt, das stinkt ja wie die Hölle!«, schimpfte Franzi.

In den alten Netzen hingen noch eingetrocknete Algenreste und Muscheln, die einen ausgesprochen unangenehmen, fauligen Geruch verbreiteten. Kim versuchte, so gut es ging durch den Mund zu atmen. Doch dann machte sie eine Entdeckung, die sie den ekelhaften Gestank augenblicklich vergessen ließ.

»Schaut euch das an!«, rief sie aufgeregt. »Hier ist irgendwas!« Marie sprang auf und kam ebenfalls herüber. Zu dritt beugten sie sich über die Stelle, an der eben noch das alte Gerümpel gelegen hatte.

Kim leuchtete mit der Taschenlampe auf den staubigen Boden. »Da! Seht ihr?« Sie zeigte auf eine Vertiefung in der Erde. Franzi ging in die Hocke und wischte mit beiden Händen den Sand zur Seite. Darunter kam ein eiserner Ring zum Vorschein.

»Hey, der sieht ja genauso aus wie der Ring an der Falltür oben!«, rief Marie überrascht. »Soll das etwa heißen ...«

Kim fuhr sich nervös mit der Zunge über die trockenen Lippen. »Genau! Das könnte eine zweite Falltür sein, die zu einem geheimen Fluchtweg führt.«

Franzi griff nach dem Ring und zog daran. Nichts passierte. »Mist! Entweder ist dieser Ring eine Finte oder die Falltür ist verdammt schwer.«

»Vielleicht ist sie einfach nur eingerostet.« Marie kam Franzi zu Hilfe. Aber auch mit vereinten Kräften ließ sich der Ring keinen Millimeter bewegen.

»Das gibt's doch nicht!«, murmelte Kim. »Ich fress einen Besen, wenn hier nicht irgendwo ein versteckter Ausgang ist.« Sie scharrte neben dem Ring mit den Füßen im Sand. Unter einer Schicht Erde kam dunkles Holz zum Vorschein. »Moment mal!« Kim wedelte aufgeregt mit den Armen. »Ich glaube, ihr steht auf der Falltür! Darum geht sie nicht auf.«

Franzi und Marie sprangen zur Seite. Dann griffen sie alle drei nach dem Ring und zogen gemeinsam daran.

»Hau ruck!«, rief Franzi. »Nicht aufgeben! Ich glaube, wir haben es gleich geschafft.«

Kim zog so kräftig sie konnte. Und dann tat sich tatsächlich etwas! Knirschend öffnete sich eine rechteckige Falltür im Boden. Sie war offenbar seit ewigen Zeiten nicht mehr benutzt worden und ließ sich nur im Zeitlupentempo bewegen. Als die Tür endlich ganz aufschwang, waren die drei !!! am Ende ihrer Kräfte. Erschöpft ließen sie sich neben der Öffnung auf den Boden fallen.

»Ich fass es nicht! Du hast tatsächlich recht gehabt!«, keuchte Franzi.

Auch Marie lächelte Kim anerkennend zu.

»Ein versteckter Notausgang – das ist unsere Rettung!«

Kim beugte sich über das Loch und leuchtete mit der Taschenlampe hinein. Ausgetretene Steinstufen führten in die Tiefe und verloren sich in der Dunkelheit. »Der Geheimgang der Piraten«, murmelte sie und wurde von einem Schaudern erfasst. »Ob er uns in die Freiheit führen wird?«

Franzi sah unternehmungslustig in die Runde. »Es gibt nur einen Weg, um das herauszufinden. Wir müssen es ausprobieren!« Sie sprang auf. »Auf geht's, Mädels! Jetzt wandeln wir auf den Spuren der Piraten!«

Auf den Spuren der Piraten

Vorsichtig stieg Kim hinter Franzi die Steintreppe hinab. Franzi hatte die Führung übernommen und ließ den Strahl der Taschenlampe über die glitschigen Stufen hüpfen.

»Mann, diese Treppe nimmt ja gar kein Ende«, murmelte Kim. Ihre Stimme hallte unheimlich von den Felswänden wider. Die Stufen führten immer weiter in die Tiefe hinab. Sie mussten sich inzwischen irgendwo weit unter den Dünen befinden.

»Vielleicht landen wir ja am Mittelpunkt der Erde«, witzelte Marie, die direkt hinter Kim lief.

»Oder auf der anderen Seite der Erde bei den Chinesen.« Franzi kicherte. »Da wollte ich schon immer mal hin.«

Kim war überhaupt nicht nach Lachen zumute. Düstere Gedanken flatterten wie aufgescheuchte Fledermäuse durch ihren Kopf. Vielleicht war es doch ein Fehler gewesen, den geheimen Piratenfluchtweg auszuprobieren. Im Kellerverlies waren sie wenigstens einigermaßen sicher gewesen. Was, wenn sie sich hier unten verliefen und nie wieder zurück ans Tageslicht fanden?

Oder wenn der Gang einstürzte und sie unter Steinen und Geröll verschüttet wurden? In diesem versteckten Tunnel würde sie garantiert niemand finden ...

»Na endlich!«, rief Franzi. »Die Treppe ist hier tatsächlich zu Ende, Mädels.«

Die Stufen mündeten in einen langen, schmalen Gang, der vor langer Zeit in das harte Felsgestein geschlagen worden war. Die Wände waren feucht und die Decke so niedrig, dass Kim gerade noch aufrecht stehen konnte.

»Sollen wir wirklich weitergehen?« Kims Kampfgeist hatte mal wieder ihrer altbekannten Angst Platz gemacht. »Dieser Gang sieht irgendwie nicht besonders vertrauenerweckend aus ...«

»Ach was, irgendwohin muss er schließlich führen«, sagte Franzi zuversichtlich. »Und alles ist besser, als untätig in diesem Kellerverlies herumzusitzen.«

»Finde ich auch.« Marie nickte zustimmend. »Der Gang ist unsere einzige Chance.«

Kim seufzte. Sie wusste, dass Franzi und Marie recht hatten. Und allein ins Kellerverlies zurückzukehren kam natürlich überhaupt nicht infrage. Die drei !!! mussten zusammenbleiben, so viel war klar. »Also gut«, murmelte sie alles andere als begeistert. »Dann mal los.«

Kim hielt sich dicht hinter Franzi, während sie

sich an den Tunnelwänden entlangtasteten. Es war kalt und Kim fröstelte in ihrem dünnen T-Shirt. Eine Weile liefen sie schweigend durch den dunklen Gang, der immer schmaler und enger wurde. Bald mussten die Mädchen die Köpfe einziehen, um nicht gegen die Decke zu stoßen. Gebückt gingen sie weiter und versuchten, sich die Ellbogen nicht an den Felswänden aufzuschürfen.

»Das gefällt mir gar nicht …«, murmelte Kim. Die Steinwände schienen im flackernden Schein der Taschenlampe immer dichter auf sie zuzukommen und ihr allmählich den Sauerstoff aus den Lungen zu pressen. Die Luft war abgestanden und roch nach modrigem Wasser und verfaultem Fisch. Kim wurde ein wenig übel und sie hatte das Gefühl zu ersticken. Die Felswände begannen, vor ihren Augen hin- und herzuschwanken. Es war, als stünde sie bei heftigem Seegang an Bord eines Schiffes. Sie blieb stehen und griff sich an den Hals.

»Was ist los?«, fragte Marie. »Ist dir schlecht?«

Kim nickte. »Ich krieg keine Luft mehr«, krächzte sie. »Ich will hier raus!«

Franzi drehte sich um und warf ihrer Freundin einen besorgten Blick zu. »Du darfst jetzt nicht zusammenklappen!«, sagte sie beschwörend. »Wir haben es bestimmt bald geschafft.«

»Ich glaube, Kim hat Platzangst.« Marie legte

Kim die Hand auf die Schulter und sagte mit beruhigender Stimme: »Schließ die Augen und atme ein paarmal tief durch. Dann geht's dir gleich wieder besser.«

Kim befolgte den Ratschlag und versuchte, sich ganz aufs Atmen zu konzentrieren. Sie füllte ihre Lungen mit Luft und stieß sie langsam wieder aus. Tatsächlich wurde das beklemmende Gefühl, von dem sie plötzlich erfasst worden war, ein wenig besser und der Schwindel ließ nach.

»Geht's wieder?«, fragte Marie.

Kim nickte. »Ich glaub schon. Mann, so was ist mir noch nie passiert ...«

»Mach dir keine Sorgen, in engen Räumen kann einem schon mal mulmig werden«, sagte Marie. »Mir geht das manchmal so, wenn ich mit dem Fahrstuhl fahre.«

»Möchtest du lieber umkehren?«, fragte Franzi.

Kim überlegte kurz, dann schüttelte sie den Kopf. »Nein, wir gehen weiter«, sagte sie entschlossen. »Ich schaff das schon.«

Franzi lächelte ihr zu. »Prima! Du lässt dich nicht so leicht unterkriegen, was?«

»Na ja, ich gebe mir zumindest Mühe.« Kim straffte die Schultern und versuchte, nicht an die meterdicken Felswände zu denken, die sich um sie herum auftürmten. Um sich abzulenken, stellte sie sich das Gesicht von Tobias vor. Er lachte und sie konnte die Grübchen auf seinen

Wangen erkennen ... aber allmählich verwandelte sich das Bild. Aus Tobias wurde Michi. Er saß neben Kim im Café Lomo und strich sich mit einer schnellen Bewegung die Haarsträhnen aus der Stirn, die ihm immer wieder ins Gesicht fielen. Dabei erzählte er von seinem geliebten Mofa. Kim musste automatisch lächeln und fühlte sich gleich ein wenig besser. Wenn sie hier jemals wieder herauskommen sollte, würde sie als Erstes Michi eine Postkarte schreiben. Das hätte sie schon längst tun sollen, schließlich hatte sie es ihm vor ihrer Abreise hoch und heilig versprochen.

»Da vorne wird der Gang breiter«, verkündete Franzi, nachdem sie sich ungefähr eine halbe Stunde lang schweigend durch den engen Tunnel gequält hatten.

Kim seufzte erleichtert, als die Felswände allmählich zurückwichen. Endlich konnte sie wieder durchatmen!

»Sieht aus wie eine Höhle.« Franzi ließ das Licht ihrer Taschenlampe durch den großen, grottenähnlichen Raum schweifen, in den der Gang mündete. Die Höhle war so hoch, dass der Lichtstrahl die Decke nicht mehr erreichte. Der Steinboden war mit Wasserlachen übersät, die im Taschenlampenlicht geheimnisvoll glitzerten.

»Seid mal ganz ruhig«, flüsterte Marie und

lauschte. »Hört ihr das? Klingt wie ein Rauschen …«

Kim spitzte die Ohren. Tatsächlich! »Das ist bestimmt das Meer«, sagte sie aufgeregt und merkte, wie ihre Lebensgeister wieder erwachten. »Es muss irgendwo ganz in der Nähe sein.«

»Dann nichts wie hin!« Franzi stapfte forschen Schrittes durch die Pfützen. »Wo das Meer ist, ist auch der Strand. Und wo der Strand ist, ist das Camp nicht mehr weit. Bald sind wir in Sicherheit!«

Die drei !!! durchquerten die Höhle. Die Wasserpfützen wurden immer tiefer und nach kurzer Zeit hatten die Mädchen nasse Füße.

»Mist! Die Schuhe waren brandneu«, fluchte Marie und blickte bedauernd auf ihre knallroten Riemchensandalen.

»Na und? Du hast doch noch den ganzen Koffer voller Schuhe«, stellte Franzi ungerührt fest. »Da kommt es auf ein Paar mehr oder weniger wirklich nicht an.« Sie blieb stehen und krempelte sich die Hose hoch. Das Wasser reichte ihnen jetzt bis zu den Knöcheln.

»Da vorne scheint die Höhle zu Ende zu sein«, sagte Kim. »Seht ihr den schwachen Lichtschein?«

»Stimmt!« Franzi knipste die Taschenlampe aus. Jetzt war deutlich dämmriges Morgenlicht zu sehen, das von draußen in die Höhle fiel. »Es wird schon wieder hell.« Franzi setzte sich in Bewegung. »Los, weiter!«

Das Wasser wurde immer tiefer. Bald war Kims Hose bis zu den Knien durchnässt, dann bis zur Hüfte. »Hoffentlich müssen wir nicht das letzte Stück schwimmen«, unkte sie.

Aber so weit kam es nicht. Nach kurzer Zeit gelangten sie ans Ende der Höhle. Ein breiter Spalt in der Felswand öffnete sich zum Meer hin und ließ das frühe Tageslicht herein.

Franzi schlüpfte als Erste hindurch, Kim und Marie folgten ihr. »Himmel, Meer und Sonne – ist das nicht herrlich? Ich wusste gar nicht, dass sich die Freiheit so gut anfühlt!« Franzi streckte die Arme so weit aus, als wollte sie den Horizont umarmen. Von der Sonne war allerdings noch nicht viel zu sehen. Sie war gerade erst dabei, das allererste Morgenrot an den Nachthimmel zu schicken.

Kim atmete tief die würzige Seeluft ein und ließ die Weite des Meeres auf sich wirken. Endlich keine beengenden Felswände mehr, keine modrige Luft und keine Beklemmungen in der Brust. Kim fühlte sich plötzlich so frei wie eine Möwe. Am liebsten wäre sie einfach davongeflogen.

»Wo wir hier wohl gelandet sind?«, überlegte Marie und sah sich um. »Ich glaube, an diesem Teil des Strandes war ich noch nie.«

Die Mädchen ließen die Höhle hinter sich und

wateten im hüfttiefen Wasser um ein paar Felsen herum, bis sie den Sandstrand erreicht hatten.

»Ich schätze, wir sind ein Stück östlich vom Badestrand der Jugendherberge herausgekommen«, sagte Franzi, nachdem sie sich kurz orientiert hatte. »Tatjana hat mal erzählt, dass es am Oststrand jede Menge Höhlen und zerklüftete Felsen gibt, die früher von Piraten und Schmugglern als Verstecke genutzt wurden.«

»Hoffentlich ist es nicht so weit bis zum Camp. Sonst hab ich mich garantiert in einen Eiszapfen verwandelt, bis wir dort ankommen.« Kim schlang schlotternd die Arme um ihren Oberkörper. Die Morgenluft war ausgesprochen kühl und die nasse Hose klebte kalt und unangenehm an ihren Beinen.

»Sollen wir eine Runde joggen?«, schlug Franzi vor und trabte sofort los. »Dann wird uns bestimmt schnell wieder warm.«

Kim und Marie waren einverstanden. Nebeneinander liefen die drei !!! über den menschenleeren Strand, während hinter den Dünen langsam die Sonne aufging.

Ein überraschendes Geständnis

Zwanzig Minuten später hatten die drei Detektivinnen den Strandabschnitt der Jugendherberge erreicht. Das Meer glitzerte einladend in der Sonne, aber zu dieser frühen Uhrzeit schaukelten nur ein paar Möwen auf den Wellen. Ansonsten war keine Menschenseele zu sehen.

»Am besten holen wir gleich als Allererstes unsere Handys aus dem Zelt und rufen bei der Polizei an«, schlug Franzi vor, während sie nach links in die Dünen abbogen. Im Laufschritt rannten sie über den Holzsteg in Richtung Jugendherberge. »Und dann informieren wir die Betreuer.«

Kim schnaufte. Sie bekam allmählich Seitenstechen und war froh, dass es nicht mehr weit bis zum Zeltlager war. Zum Glück war sie durch die regelmäßigen Joggingrunden mit Franzi und Marie inzwischen wesentlich fitter als früher. Noch vor ein paar Monaten hätte sie diese Strecke niemals in dem Tempo geschafft. Aber so sportlich wie Franzi würde sie wahrscheinlich selbst in hundert Jahren nicht werden.

Kurz vor dem Camp kam ihnen eine einsame Gestalt auf dem Holzsteg entgegen. Tobias! Er trug einen dunklen Trainingsanzug und Turnschuhe und joggte locker auf sie zu.

Als er die Mädchen erkannte, warf er ihnen einen überraschten Blick zu. »Na, so was! Was treibt ihr euch denn in aller Herrgottsfrühe hier herum?«

Die drei !!! blieben stehen. »Wir ... wir absolvieren gerade unser morgendliches Lauftraining«, behauptete Franzi. Kim merkte, dass sie Tobias gegenüber immer noch etwas misstrauisch war.

»Aha.« Tobias warf einen Blick auf Maries durchweichte Sandalen. »Das sind aber nicht gerade die besten Joggingschuhe.«

Dann fielen ihm die feuchten Hosen der Mädchen auf. »Und warum lauft ihr in nassen Klamotten herum, wenn ich fragen darf?«

»Na ja ...« Franzi warf Kim und Marie einen Hilfe suchenden Blick zu. »Also ...«

»Wir sind ein bisschen durch die Brandung gejoggt«, sprang Marie ein. »Barfuß natürlich. Das soll total gesund sein. Und gut für den Kreislauf.«

»Tatsächlich?« Tobias sah nicht besonders überzeugt aus. »Und diesen Unsinn soll ich euch abkaufen?« Er seufzte. »Wollt ihr mir nicht lieber sagen, was wirklich los ist?«

Kim gab sich einen Ruck. »Ich finde auch, dass wir Tobias reinen Wein einschenken sollten.« Sie schaute Franzi und Marie eindringlich an. »Wir wissen doch inzwischen mit ziemlicher Sicherheit, dass er nichts mit der Spukhaus-Bande zu tun hat.«

Marie nickte. »Du hast recht. Es bringt nichts, ihm länger etwas vorzumachen.«

»Spukhaus-Bande?« Tobias' Blick wurde plötzlich wachsam. »Was meint ihr denn damit?«

»Eine Verbrecherbande, die sich offenbar ausgerechnet das Spukhaus als Treffpunkt ausgesucht hat«, erklärte Kim. »Wir sind ihnen letzte Nacht auf die Spur gekommen. Leider wurden wir entdeckt, bevor wir herausfinden konnten, was dort genau vor sich geht.«

»Ihr wurdet entdeckt?« Tobias runzelte die Stirn. »Von wem?«

»Von Franz Höller«, antwortete Franzi. »Dem Hausmeister der Jugendherberge. Er scheint der Anführer der Bande zu sein.«

»Also doch«, murmelte Tobias. »Ich hab's geahnt. Habt ihr sonst noch jemanden erkannt?«

Kim nickte. »Connie und Simon Leander. Das Pärchen vom Strand. Sie stecken mit Quasimodo unter einer Decke.«

Tobias musste grinsen. »Quasimodo! Das passt wirklich wie die Faust aufs Auge.« Dann wurde er wieder ernst. »Und was ist passiert, nachdem ihr entdeckt wurdet?«

»Quasimodo hat uns in ein Kellerverlies unter dem Spukhaus eingesperrt«, erzählte Franzi. »Er hat uns mit einer Pistole bedroht. Aber wir konnten durch einen unterirdischen Piraten-Fluchtweg entkommen.«

Tobias schüttelte fassungslos den Kopf. »Das glaub ich einfach nicht! Wisst ihr eigentlich, in was für eine Gefahr ihr euch begeben habt? Mit Franz Höller und seiner Bande ist nicht zu spaßen. Ihr hättet mir schon viel früher von eurem Verdacht erzählen sollen.«

»Na ja ...«, druckste Franzi herum und wich Tobias' Blick aus. »Also ... ehrlich gesagt ... wir haben die ganze Zeit geglaubt, du würdest auch zu der Verbrecherbande gehören. Zumindest Marie und ich. Kim war von Anfang an anderer Meinung. Sie hat dir voll und ganz vertraut ...«

Kim biss sich auf die Unterlippe und wurde rot. Zum Glück ging Tobias auf Franzis letzte Bemerkung nicht näher ein, sondern starrte die Mädchen nur überrascht an.

»Wie bitte? Ihr habt mich verdächtigt?«, rief er. Dann lachte er laut auf. »Wie seid ihr denn auf die Idee gekommen?«

»Du hast dich ein paarmal ziemlich merkwürdig verhalten«, erklärte Marie. »Bei der Nachtwanderung mit der Geistererscheinung zum Beispiel, als du Ewigkeiten verschwunden warst. Und du bist ständig dem Hausmeister hinterhergeschlichen.«

»Außerdem war unsere Digitalkamera plötzlich verschwunden, nachdem Kim dich am Strand fotografiert hatte«, fuhr Franzi fort. »Wir dachten, du hättest sie gestohlen. Und bei der Durchsuchung deines Zeltes haben wir ein Funkgerät und jede Menge Karten gefunden ...«

»Ihr wart also diejenigen, die mein Zelt gefilzt haben!« Tobias schlug sich mit der flachen Hand gegen die Stirn. »Da wäre ich nie im Leben draufgekommen! Ich hab Franz Höller verdächtigt, nachdem ich gemerkt hatte, dass meine Karten durcheinandergeraten waren.« Er schien nicht so recht zu wissen, ob er lachen oder den Mädchen eine Strafpredigt halten sollte. »Wie kommt ihr überhaupt dazu, anderen Leuten hinterherzuspionieren? Ist das zufällig ein Hobby von euch?«

»Eigentlich ist es etwas mehr als nur ein Hobby.« Kim griff in ihre hintere Hosentasche, zog eine der Visitenkarten heraus, die sie für alle Fälle immer bei sich trug, und reichte sie Tobias. Das Papier war von der Feuchtigkeit leicht gewellt, aber die Schrift war trotzdem noch gut zu lesen:

Tobias betrachtete die Visitenkarte mit gerunzelter Stirn. »Na, so was! Ich hab es also offenbar mit echten Profis zu tun.«

Franzi lächelte geschmeichelt. »Ja, wir haben in der Tat schon einige Fälle erfolgreich gelöst. Unsere Erfolgsquote ist ziemlich hoch.«

»Und warum interessierst du dich für Quasimodos Machenschaften?«, fragte Kim. »Das gehört ja nun wirklich nicht zu deinen Aufgaben als Jugendbetreuer, oder? Wer bist du wirklich?«

Tobias schwankte einen Moment. Dann schien er eine Entscheidung getroffen zu haben. »Du hast recht. Ihr habt mir reinen Wein eingeschenkt, da ist es nur fair, wenn ich euch ebenfalls die Wahrheit sage.« Er nickte Kim anerkennend zu. »Wie du ganz richtig erkannt hast, bin ich eigentlich kein ausgebildeter Jugendbetreuer. Offenbar war meine Tarnung doch nicht so gut, wie ich dachte.« Tobias grinste. »Eigentlich bin ich Polizist aus Hamburg. Wir arbeiten schon seit Monaten an der Aufklärung eines schweren Raubüberfalls. Nachdem wir den Tipp bekommen hatten, dass der Anführer der Verbrecherbande hier an der Küste untergetaucht sein soll, wurde ich für einen Undercover-Einsatz ausgewählt. Als Jugendbetreuer getarnt sollte ich unseren Hauptverdächtigen im Auge behalten und unauffällig beschatten.«

»Und der Hauptverdächtige ist Franz Höller?«, fragte Marie.

Tobias nickte. »Genau. Leider war er so geschickt, dass ich ihm einfach nichts nachweisen konnte. Bis heute zumindest. Dass er euch eingesperrt hat, war ein fataler Fehler. Damit hat er sich sein eigenes Grab geschaufelt.«

»Was wurde denn geraubt?«, fragte Franzi neugierig. »Und warum haben sich die Ganoven immer ausgerechnet beim Spukhaus getroffen?«

»Tut mir leid, das kann ich euch leider nicht sagen«, entgegnete Tobias und machte ein bedauerndes Gesicht. »Dienstgeheimnis.« Er zog ein kleines Funkgerät aus der Tasche seiner Jogginjacke. »Ich rufe jetzt Verstärkung und dann werden wir Franz Höller und seiner Bande einen kleinen Überraschungsbesuch abstatten. Hoffentlich haben wir Glück und die Verbrecher sind nicht schon längst über alle Berge.«

»Dürfen wir mitkommen?« Franzis Augen glänzten vor Aufregung. »Immerhin haben wir dir den entscheidenden Tipp gegeben.«

Doch Tobias schüttelte den Kopf. »Nein, auf keinen Fall. Ich kann nicht zulassen, dass ihr euch noch einmal in Gefahr begebt. Überlasst das der Polizei.« Er klang ausgesprochen energisch. Sogar Franzi begriff, dass Widerstand zwecklos war. »Ihr kehrt jetzt auf direktem Weg ins Camp zurück, zieht euch trockene Klamotten an und legt euch ein paar Stunden aufs Ohr. Wehe, ihr kommt auch nur in die Nähe des Spukhauses! Ich verspreche, dass ich euch hinterher alles ganz genau erzähle, okay?« Er zwinkerte ihnen zu. Dann joggte er in Richtung Spukhaus davon, während er einige knappe Anweisungen über Funk weitergab.

Kim, Franzi und Marie sahen ihm nach, bis er um die Kurve verschwunden war.

»Wahnsinn – Tobias ist ein Polizist! Wer hätte das gedacht?« Franzi schüttelte fassungslos den Kopf.

»Tja, da hat Kim mal wieder den richtigen Riecher gehabt«, sagte Marie. »Sie hat ihn ja von Anfang an für unschuldig gehalten. Und wir beide waren auf dem Holzweg.«

Kim grinste. »Macht euch nichts draus. Irren ist menschlich.« Dann seufzte sie. »Schade, dass Tobias uns nicht erlaubt hat mitzukommen. Ich wäre so gerne dabei gewesen, wenn Quasimodo und seine Komplizen festgenommen werden.«

»Das ist wirklich total ungerecht!« Franzi machte ein wütendes Gesicht. »Ohne uns würde Tobias immer noch im Dunkeln tappen. Und statt uns dankbar zu sein, behandelt er uns wie kleine Kinder und schickt uns ins Bett. Erwachsene sind manchmal echt das Letzte!«

»Also, ich weiß ja nicht, wie es euch geht, aber ich werde mir das große Finale auf keinen Fall entgehen lassen.« Marie stützte entschlossen die Hände in die Hüften.

Ein Strahlen ging über Franzis Gesicht. »Du meinst, wir sollen einfach auf Tobias' Anweisungen pfeifen und heimlich zum Spukhaus gehen?« Marie nickte und Franzi klopfte ihr anerkennend auf die Schulter. »Eins muss ich dir lassen, manchmal hast du wirklich die eine oder andere geniale Idee.«

»Vielen Dank«, sagte Marie bescheiden. »So bin ich nun mal.«

»Dann nichts wie los!« Kim setzte sich bereits in Bewegung. »Sonst verpassen wir noch das Beste.«

Die drei !!! folgten dem Holzsteg durch die Dünen. Sie ließen das Camp, in dem noch tiefe, morgendliche Stille herrschte, rechts liegen und bogen in den schmalen Sandweg ein, der zum Spukhaus führte.

Kims Kopfhaut prickelte vor Aufregung. »Hoffentlich kommen Tobias und seine Kollegen nicht zu spät«, murmelte sie. »Es wäre zu ärgerlich, wenn Quasimodo und seine Komplizen bereits entwischt wären.«

Das große Finale

Bei Tageslicht war es wesentlich schwieriger, sich ungesehen an das Spukhaus heranzuschleichen. Die drei !!! schlugen einen weiten Bogen und näherten sich dem Ort des Geschehens von der Rückseite her. Sie hockten sich hinter ein paar Büsche und beobachteten zwischen den Zweigen hindurch die Szenerie.

Der Hof lag leer und verlassen in der Morgensonne. Auch im Spukhaus regte sich nichts. Kim suchte mit den Augen die Umgebung ab, konnte Tobias und seine Kollegen aber nirgendwo entdecken. Entweder waren sie noch nicht da oder sie hatten sich ausgesprochen geschickt versteckt.

»Mist! Ich glaube, wir kommen zu spät«, flüsterte Franzi enttäuscht. »Die Vögel scheinen inzwischen ausgeflogen zu sein.«

»Wart's doch erst mal ab.« Kim wollte nicht so schnell aufgeben. »Vielleicht tut sich gleich doch noch was.«

Eine halbe Stunde lang hockten die Mädchen schweigend in ihrem Versteck. Abgesehen von den Schreien der Möwen und dem Wind, der den

Strandhafer rascheln ließ, war kein Laut zu hören. Allmählich wurde Kim unsicher. Was, wenn die Verbrecher wirklich längst über alle Berge waren?

Doch als sie Marie und Franzi gerade vorschlagen wollte, die Aktion abzubrechen und ins Camp zurückzukehren, öffnete sich die Tür des Spukhauses. Kim hielt den Atem an und starrte angestrengt zu dem alten Gemäuer hinüber. Quasimodo trat ins Freie. Erst warf er einen Blick auf seine Armbanduhr, dann sah er zu den Dünen hinüber. Er schien auf jemanden zu warten. Kurze Zeit später tauchten Connie und Simon auf dem Sandweg auf, der vom Camp zum Spukhaus führte.

»Da seid ihr ja endlich!«, begrüßte Quasimodo sie ungeduldig. »Und? Habt ihr die Mädchen?«

Connie schüttelte den Kopf. Sie war ziemlich blass »Nein. Ich fürchte, sie sind uns entwischt. Wir haben nicht die geringste Spur von ihnen gefunden.«

»So ein verfluchter Mist!«, schimpfte Quasimodo. Seine Augen funkelten wütend. »Das hätte nicht passieren dürfen! Warum habt ihr euch nicht ein bisschen beeilt? Dann hättet ihr sie vielleicht noch eingeholt! Lange können sie schließlich noch nicht weg sein.«

Simons Gesicht verfärbte sich dunkelrot vor

Ärger. »Jetzt mach aber mal einen Punkt, Franz! Wir haben getan, was wir konnten. Und es war weiß Gott nicht angenehm, sich durch diesen engen Tunnel zu quetschen, das kannst du mir glauben.«

»Allerdings«, unterstützte Connie ihren Mann. »Wer hat die Mädchen denn im Kellerverlies eingesperrt, ohne vorher zu überprüfen, ob es wirklich keinen zweiten Ausgang gibt? Das waren weder Simon noch ich!«

»Schon gut«, brummte Quasimodo. »Hört auf mit dem Gejammer, das hält ja kein Mensch aus. Wir müssen sehen, dass wir hier wegkommen, bevor die Bullen aufkreuzen. Diese verfluchten Gören können es bestimmt kaum erwarten, uns zu verpfeifen.«

»Als wir eben am Camp vorbeigekommen sind, war noch alles ruhig«, berichtete Simon. »Es sah nicht so aus, als hätten die Mädchen schon Alarm geschlagen.«

»Umso besser.« Quasimodo machte ein zufriedenes Gesicht. »Dann erledigen wir jetzt endlich das, weswegen wir hergekommen sind, und machen uns so schnell wie möglich aus dem Staub. Wir hängen schon viel zu lange hier herum. Wenn wir es bis ins Ausland schaffen, bevor die Mädchen uns die Bullen auf den Hals gehetzt haben, sind wir auf der sicheren Seite.«

Franz Höller nickte zum Brunnen in der Mitte

des Hofes hinüber. »Du weißt, was du zu tun hast, Connie.«

»Alles klar.« Connie verschwand im Haus. Als sie wieder herauskam, trug sie einen Hüftgurt über ihrer Kleidung und eine Stirnlampe auf dem Kopf. In der Hand hielt sie einen zweiten Hüftgurt, den sie Simon reichte, und ein zusammengerolltes Seil.

Simon hatte währenddessen die Abdeckung aus verwitterten Holzbrettern vom Brunnenschacht entfernt und legte den zweiten Gurt an. Connie knotete das eine Ende des Seils an einer Schlaufe fest, die sich vorne an ihrem Hüftgurt befand, und kletterte auf den bröckeligen Rand des Brunnens. Simon übernahm das andere Ende des Seils und zog es durch einen Karabinerhaken an seinem Hüftgurt. Er machte einen Knoten hinein, hielt das Seil mit beiden Händen fest und stemmte die Beine in den Boden.

»Ich bin so weit«, sagte er knapp. »Es kann losgehen.«

Connie nickte und schaltete die Stirnlampe ein. Dann begann sie, sich langsam und vorsichtig in den Brunnen abzuseilen. Simon gab das Seil Zentimeter für Zentimeter frei und sorgte so dafür, dass Connies Abstieg gesichert war.

»Was, zum Teufel, will sie in dem Brunnen?«, wisperte Marie.

Kim zuckte mit den Schultern. »Woher soll ich

das wissen?« Sie überlegte. »Offenbar haben sie dort irgendetwas versteckt. Vielleicht die Beute aus dem Raubüberfall, von dem Tobias geredet hat.« Allein bei dem Gedanken daran, in den engen Brunnenschacht hinabsteigen zu müssen, machte sich schon wieder das beklemmende Gefühl in Kims Brust breit. Keine zehn Pferde hätten sie dort hinuntergebracht.

Eine Weile war nur Simons Schnaufen und das Geräusch des Seiles zu hören, das leise über die Steine schabte. Quasimodo stand bewegungslos vor dem Spukhaus und beobachtete die Szene. Er machte keine Anstalten, Simon zu helfen. Offenbar gab er als Boss nur die Befehle, während Connie und Simon die ganze Arbeit erledigten. Dann ertönte Connies Stimme dumpf aus dem Brunnenschacht. Es klang, als wäre sie kilometerweit unter der Erde.

»Stopp!«

Augenblicklich stemmte Simon beide Beine so fest er konnte in den Boden und hielt das Seil an. Es spannte sich gefährlich, gab aber nicht nach.

»Ich hab es!«, rief Connie von unten. »Ich komm jetzt wieder rauf!«

Simon zog das Seil Stück für Stück ein. Dabei stützte er sich mit einem Fuß am Brunnenrand ab und sicherte Connies Aufstieg. Obwohl Simon sehr kräftig war und Connie ausgesprochen schlank und zierlich, lief ihm vor lauter

Anstrengung bald der Schweiß in Strömen über die Stirn. Es dauerte noch eine ganze Weile, bis Connies blonder Haarschopf aus dem Brunnenschacht auftauchte. Sie stützte sich mit beiden Armen auf dem Rand ab und zog sich geschickt aus dem Brunnen.

»Wahnsinn!« Franzi pfiff leise durch die Zähne. »Connie ist wirklich supersportlich.«

»Schscht!«, machte Kim und legte den Zeigefinger auf die Lippen.

Connie war noch dabei, den Hüftgurt abzulegen, als Quasimodo bereits auf sie zustürzte. Auf seinem Gesicht lag ein gieriger Ausdruck.

»Wo ist es?«, fragte er mit heiserer Stimme. »Gib her, ich will es sehen!«

Connie öffnete die kleine Tasche, die sie um die Hüfte trug, und holte ein Päckchen heraus, das ungefähr die Größe einer mittleren Pralinenschachtel hatte und in schwarze Plastikfolie eingewickelt war.

»Bitte sehr«, sagte Connie. »Mir geht's übrigens gut, abgesehen von ein paar Schürfwunden. Danke der Nachfrage.«

Quasimodo überhörte Connies spöttischen Tonfall. Er schnappte sich das Päckchen und befühlte es beinahe liebevoll. Für einen kurzen Augenblick schien er alles andere um sich herum vergessen zu haben. Seine gesamte Aufmerksamkeit galt dem kleinen Paket. Kim war fast ein bisschen enttäuscht. Hatten Quasimodo und seine Komplizen das ganze Theater wirklich nur wegen dieses unscheinbaren Päckchens veranstaltet? Was konnte da schon Wertvolles drin sein? Für eine größere Menge an Geldscheinen war es zu klein und ein Gemälde hätte ebenfalls ein anderes Format haben müssen.

Während Quasimodo noch ganz in die Betrachtung seiner Beute versunken war, bemerkte Kim eine Bewegung auf der gegenüberliegenden Seite des Hofes. Tobias trat lautlos hinter einem dichten Büschel Strandhafer hervor. Er zückte eine Pistole und rief mit schneidender Stimme: »Polizei! Keine Bewegung! Legen Sie das Paket auf den Boden, Herr Höller, und nehmen Sie alle drei die Hände über den Kopf!«

Simon und Connie erstarrten vor Schreck und hoben langsam die Hände. Quasimodo zuckte zusammen und peilte mit einem blitzschnellen Blick die Lage. Dann fuhr er herum und rannte los. Ehe Tobias von seiner Waffe Gebrauch machen konnte, war er schon hinter dem Spukhaus verschwunden. Jetzt tauchten noch zwei andere Polizisten hinter dem Strandhafer auf.

»Ich schnapp ihn mir!«, rief Tobias seinen Kollegen zu und nahm augenblicklich die Verfolgung auf. »Kümmert euch um die beiden anderen.«

Die drei !!! hatten die Ereignisse atemlos verfolgt. Franz Höller war erstaunlich schnell. Er hatte einen ganz schönen Vorsprung.

»So ein Mist!«, schimpfte Kim. »Quasimodo will tatsächlich abhauen! Wenn Tobias nicht einen Zahn zulegt, geht er ihm noch durch die Lappen.«

In diesem Augenblick änderte Franz Höller die Richtung. Er versuchte, seinen Verfolger durch einen geschickten Hakenschlag abzuhängen.

»Achtung, er kommt jetzt direkt auf uns zu!«, zischte Marie. »Wir müssen ihn irgendwie aufhalten!«

Ehe sich die drei !!! auf ein gemeinsames Vorgehen einigen konnten, hatte Quasimodo auch schon die Büsche erreicht, hinter denen sie sich versteckten. Kim schoss instinktiv nach vorne. Sie erwischte ein Bein des Flüchtenden und krallte ihre Finger so fest sie konnte in seine Hose. Der Stoff riss mit einem hässlichen Geräusch, während Quasimodo fluchend nach Kim trat. Aber Marie und Franzi waren sofort zur Stelle und warfen sich auf den Gangsterboss, bevor er Kim verletzen oder sich aufrappeln und seine Flucht fortsetzen konnte.

»Hiergeblieben!«, keuchte Franzi und setzte sich auf Quasimodos linken Arm. »Diesmal sorgen *wir* dafür, dass *Sie* eingebuchtet werden.«

»Genau!« Marie hielt den rechten Arm ihres

Widersachers fest. »Nur mit dem kleinen Unterschied, dass es im Gefängnis bestimmt keinen unterirdischen Piratengang gibt, durch den Sie abhauen können.«

Kim lag auf Quasimodos strampelnden Beinen. »Das nennt man ausgleichende Gerechtigkeit!«

»Ihr verfluchten Rotzgören!«, keuchte Quasimodo. »Lasst mich sofort los!« Unter dem Gewicht der drei Detektivinnen schien ihm allmählich die Luft knapp zu werden.

Ehe er einen weiteren Fluchtversuch starten konnte, war zum Glück Tobias zur Stelle. »Das war's dann wohl, Herr Höller«, sagte er. »Hiermit verhafte ich Sie wegen schweren Raubes, Körperverletzung und Freiheitsberaubung. Sie haben das Recht, zu schweigen oder einen Anwalt hinzuzuziehen.« Er zwinkerte den Mädchen zu. »Ich glaube, ihr könnt ihn jetzt loslassen. Wir wollen schließlich nicht, dass unser Hauptverdächtiger erstickt, oder?«

Franzi grinste und stand auf. »Nein, das wäre wirklich zu schade.«

Marie erhob sich ebenfalls und reichte Kim die Hand, um ihr aufzuhelfen. »Superschnelle Reaktion, Kim. Alles in Ordnung bei dir?«

Kim nickte und klopfte sich den Schmutz von der Hose. »Mir geht's bestens, danke.«

Nachdem Tobias sich mit einem schnellen

Blick davon überzeugt hatte, dass den Mädchen nichts passiert war, schüttelte er ungläubig den Kopf und fragte: »Was macht ihr überhaupt hier? Ich hab euch doch ausdrücklich verboten, beim Spukhaus aufzukreuzen!« Seine Stimme klang vorwurfsvoll.

»Du solltest froh sein, dass wir nicht auf dich gehört haben«, gab Franzi schnippisch zurück.

»Genau«, stimmte Marie zu. »Sonst wäre dir der Hauptverdächtige nämlich glatt durch die Lappen gegangen.«

Tobias musste trotz allem grinsen. »Ihr seid wirklich nicht auf den Mund gefallen, was? Na ja, dann werde ich ausnahmsweise einmal Gnade vor Recht ergehen lassen.« Tobias wandte sich wieder Herrn Höller zu. »Für Sie gilt das allerdings nicht.«

Der alte Mann rappelte sich langsam auf und blieb dann bewegungslos stehen. Sein Gesichtsausdruck war absolut undurchdringlich, nur seine Augen blitzten so wütend, dass es Kim fröstelte.

»Ich glaube, Sie haben da etwas, das Ihnen nicht gehört«, stellte Tobias fest. »Rücken Sie es raus, Höller.«

Quasimodo zögerte. Er warf Tobias einen hasserfüllten Blick zu. »Kommen Sie doch her und holen Sie es sich, wenn Sie unbedingt wollen!«, fauchte er und spuckte Tobias vor die Füße. Doch

Tobias ließ sich nicht provozieren, sondern blieb ganz ruhig. »Lassen Sie das Theater. Das Spiel ist aus und das wissen Sie ganz genau. Sie haben hoch gepokert und verloren. So ist das Leben nun mal. Also los jetzt, her mit der Beute!«

Widerwillig griff Quasimodo in seine Jackentasche und holte das schwarze Päckchen heraus.

»Legen Sie es auf die Erde«, befahl Tobias. »Und keine schnellen Bewegungen!«

Statt Tobias' Anweisungen zu befolgen, ließ Quasimodo das Päckchen mit einem verächtlichen Schnauben einfach fallen. Franzi griff blitzschnell danach und hob es auf.

»Mann, ist das schwer!«, rief sie überrascht. »Jetzt bin ich aber wirklich gespannt, was da drin ist.«

»Das werden wir gleich erfahren.« Tobias streckte die Hand aus. »Gib es mir.«

Franzi reichte ihm das Päckchen. In diesem Moment tauchten Tobias' Kollegen auf.

»Brauchst du Hilfe?«, fragte der eine. »Die Verstärkung ist eingetroffen und kümmert sich um die beiden anderen Verdächtigen.«

Tobias nickte zu Quasimodo hinüber. »Nehmt ihn fest. Aber Vorsicht – er ist vermutlich bewaffnet.«

Während der eine Polizist Quasimodo abtastete, musterte Kim den anderen eingehend. Er kam ihr irgendwie bekannt vor. Und dann wusste sie plötzlich, wo sie ihn schon einmal gesehen hatte.

»Das ist ja der Mann mit dem Fernglas!«, platzte sie heraus.

»Der Spanner?«, fragte Franzi. »Der uns am Strand und im Spukhaus beobachtet hat?«

Kim nickte. »Genau der.«

Tobias grinste. »Hast du das gehört, Horst? Die Mädchen haben deine geheime Leidenschaft entlarvt! Ich schätze, jetzt kannst du deine Beförderung vergessen.«

Horst lächelte gutmütig, während sein Kollege Quasimodo die Pistole abnahm, die in seiner Hosentasche steckte, und ihm Handschellen anlegte. »Ihr seid wirklich gute Beobachter, Mädchen«, lobte er. »Und ich dachte, ich hätte mich perfekt als Vogelliebhaber getarnt.«

»Als ich Sie zum ersten Mal gesehen habe, hab ich Sie tatsächlich für einen Vogelkundler gehalten«, gab Kim zu. »Aber als Sie dann auch noch beim Spukhaus aufgetaucht sind, war klar, dass das kein Zufall mehr sein konnte.«

»So klärt sich nach und nach alles auf«, stellte Franzi zufrieden fest.

In diesem Moment stieß Marie einen hohen, quietschenden Ton aus. Sie starrte mit weit aufgerissenen Augen auf etwas, das vor Tobias im Gras lag.

»Wahnsinn!«, hauchte sie. »So etwas Schönes hab ich noch nie gesehen!«

Kim folgte neugierig Maries Blick. Tobias hatte sich auf den Boden gehockt und das Päckchen geöffnet. In der schwarzen Folie befand sich eine mit Paketband verklebte Plastiktüte, die Tobias mit seinem Taschenmesser vorsichtig aufgeschnitten hatte. Aus der Tüte ergossen sich jede Menge glitzernde Steine auf den sandigen Boden. Sie sahen aus wie Glasperlen, nur dass sie in der Morgensonne viel heller strahlten. Die Steine hatten unterschiedliche Größen und Farben. Einige funkelten dunkelrot, andere blau oder grün. Ein paar waren so durchscheinend wie Wassertropfen.

Kim konnte ihren Blick gar nicht mehr losreißen. »Das sieht ja aus wie ein Schatz aus Tausendundeiner Nacht.« Automatisch griff sie nach den Steinen und ließ sie durch ihre Finger gleiten. Sie fühlten sich überraschend glatt und kühl an.

»Sind das etwa echte Diamanten?«, fragte Franzi mit heiserer Stimme.

Tobias nickte. »Diamanten, Rubine, Smaragde und viele andere Edelsteine. Die sind ein Vermögen wert.« Er zog eine Perlenkette und eine Armbanduhr unter den Steinen hervor. »Genauso wie dieser Schmuck. Unser Freund hier hat nur die besten Sachen mitgehen lassen.« Tobias sah zu Franz Höller hinüber, der gerade von den beiden Polizisten abgeführt wurde.

»Jetzt verstehe ich, warum Quasimodo das Päckchen nicht hergeben wollte«, sagte Kim. »Wenn er die Steine und den Schmuck verkauft hätte, hätten er und seine Komplizen bestimmt nie wieder arbeiten müssen und sich ein schönes Leben irgendwo im Ausland machen können ...«

»Stammen die Sachen aus einem Raubüberfall?«, fragte Franzi.

Tobias nickte. »Vor ein paar Monaten wurde in Hamburg ein großes Juweliergeschäft überfallen«, erklärte er. »Vielleicht habt ihr davon gehört. Die Zeitungen waren voll davon.«

Marie schüttelte den Kopf. »Nicht dass ich wüsste.« Franzi zuckte ebenfalls ratlos mit den Schultern.

Kim runzelte die Stirn. »Das erinnert mich an irgendwas.« Dann leuchteten ihre Augen auf. »Jetzt weiß ich es wieder! Mein Vater hat am Morgen unserer Abreise einen Artikel aus der Zeitung vorgelesen. Er ist Uhrmacher und arbeitet auch in einem Schmuckgeschäft, allerdings nur in einem kleinen Familienbetrieb. In der Zeitung stand, dass der Überfall ausgesprochen dreist war und es keine Spur von der Beute gibt.«

»Na ja, das stimmte nicht so ganz.« Tobias grinste. »Wir haben der Presse absichtlich eine falsche Information zugespielt, um die Verbrecher in Sicherheit zu wiegen. In Wirklichkeit hatten wir bereits einen heißen Tipp bekommen und waren dabei, meinen Undercover-Einsatz vorzubereiten.«

»Ganz schön schlau«, stellte Marie anerkennend fest.

Tobias füllte die Juwelen wieder in den Plastikbeutel. »Ich bringe das Zeug jetzt erst mal in den Safe der örtlichen Polizeiwache. Dort ist es in Sicherheit, bis wir es dem Juwelier aus Hamburg übergeben können. Sobald wir die Verdächtigen verhört haben, komme ich ins Camp und dann reden wir noch mal in Ruhe über alles.«

Marie betrachtete sehnsüchtig die glitzernden Steine. »Schade, dass wir nicht einen klitzekleinen Stein behalten können. Als Andenken sozusagen.«

»Ja, sie sind wirklich wunderschön«, seufzte Kim. »Leider werde ich mir so etwas Wertvolles wahrscheinlich nie im Leben leisten können.«

»Wer weiß«, sagte Franzi. »Wenn du eine berühmte Krimiautorin geworden bist, verdienst du bestimmt so viel Geld, dass du dich vor lauter Juwelen gar nicht mehr retten kannst.«

»Da muss ich aber mehr als einen Bestseller schreiben.« Kim gähnte. Jetzt merkte sie erst, wie müde sie war. Kein Wunder, schließlich war sie schon seit beinahe vierundzwanzig Stunden auf den Beinen. »Ich glaube, ich muss mich jetzt erst mal eine Runde aufs Ohr legen«, murmelte sie. »Sonst schlafe ich noch im Stehen ein.«

»Prima Idee.« Marie sah ebenfalls ziemlich erschöpft aus. Ihr Make-up war total zerlaufen und sie hatte dunkle Ringe unter den Augen.

»Dann gute Nacht allerseits«, wünschte Tobias. »Wir sehen uns später im Camp.«

Die drei !!! mobilisierten ihre letzten Kräfte und wankten zurück zum Zeltlager.

Endlich Ferien!

Als Kim die Augen aufschlug, fielen bereits lange Schatten auf das Zelt. Sie warf einen Blick auf ihre Armbanduhr und stieß einen spitzen Schrei aus.

»Was 'n los?«, brummte Franzi, die neben Kim in ihrem Schlafsack lag und einen Spaltbreit die Augen öffnete, um ihre Freundin vorwurfsvoll anzuschauen.

»Wir haben fast zwölf Stunden geschlafen!«, rief Kim und hielt Franzi ihre Armbanduhr vor das Gesicht. »Es ist schon acht Uhr abends!«

»Kein Wunder, ich war auch hundemüde.« Franzi gähnte. »Und jetzt hab ich einen Mordshunger.«

»Ich fürchte, wir haben das Abendbrot verpennt«, stellte Kim fest. »Aber vielleicht haben uns die anderen ja etwas aufgehoben.«

Franzi setzte sich auf und schälte sich aus ihrem Schlafsack. »Wie dem auch sei, ich stehe jetzt jedenfalls auf. Tobias ist bestimmt schon wieder zurück und ich will unbedingt wissen, ob Franz Höller alles gestanden hat.«

Kim sah zu Marie hinüber, die sich noch nicht

gerührt hatte. Sie lag eingerollt wie eine Katze auf Klaus' selbstaufblasbarer Luftmatratze. »Dann müssen wir nur noch die Schlafmütze wach bekommen.«

Franzi und Kim sahen sich an und grinsten. Sie hatten beide dieselbe Idee. Gleichzeitig stürzten sie sich auf Marie und begannen, sie von oben bis unten durchzukitzeln.

Eine halbe Stunde später liefen Kim, Marie und Franzi zwischen den Zelten hindurch zum Lagerfeuer, das bereits munter flackerte. Vereinzelte Funken stoben in den Abendhimmel. Es roch nach gebratenen Würstchen und Kim lief augenblicklich das Wasser im Mund zusammen.

»Da sind ja die Heldinnen des Tages!«, rief Felix, als die drei !!! am Feuer auftauchten. Das ganze Camp war versammelt und alle brachen in tosenden Applaus aus, als die drei Detektivinnen auf einer freien Holzbank Platz nahmen. Sogar Fiona und Mimi klatschten eifrig mit. Kim musste beinahe grinsen. Offenbar hatten sie es tatsächlich geschafft, die Glamourgirls gehörig zu beeindrucken.

Doch nach wenigen Sekunden wurde Kim der Applaus bereits unangenehm. Sie merkte, wie sie rot anlief, und wusste gar nicht, wo sie hinschauen sollte. Sie hasste es, im Mittelpunkt zu stehen. Marie hingegen schien die allgemeine

Aufmerksamkeit richtig zu genießen. Sie fuhr sich mit einer anmutigen Handbewegung durch die langen, blonden Haare und lächelte strahlend in die Runde. Franzi grinste ebenfalls breit und winkte huldvoll.

»Tobias hat uns alles erzählt«, berichtete Felix, nachdem der Applaus verebbt war. »Das ist ja eine total spannende Geschichte! Seid ihr wirklich richtige Detektivinnen?«

»Allerdings«, bestätigte Franzi stolz.

Tobias lächelte ihnen zu. »Ohne eure Hilfe hätten wir die Verbrecher bestimmt nicht so schnell geschnappt.«

»Hat Quasimodo denn inzwischen gestanden?«, wollte Marie wissen.

»Franz Höller und seine Komplizen haben ein umfassendes Geständnis abgelegt«, berichtete Tobias. »Die Beweislast war einfach zu erdrückend. Abstreiten wäre zwecklos gewesen. Ich hab hier übrigens noch was für euch.« Er griff in seine Jackentasche und zog eine Digitalkamera hervor. »Die haben wir in der Ferienwohnung von Connie und Simon Leander gefunden. Das ist doch eure, oder?«

»Allerdings. Vielen Dank!« Kim nahm die Kamera strahlend entgegen und betrachtete sie liebevoll. »Ich dachte schon, wir würden das gute Stück nie wiedersehen.«

»Warum haben die Verbrecher ihre Beute denn

ausgerechnet beim Spukhaus versteckt?«, fragte Franzi. »Das war doch ziemlich riskant. Schließlich liegt das Camp in unmittelbarer Nähe.«

»Tja, das wusste Franz Höller aber noch nicht, als er die Juwelen vor einigen Monaten hier verschwinden ließ«, erklärte Tobias. »Er hatte in der Jugendherberge als Hausmeister angeheuert, um eine Weile unterzutauchen, und hielt den alten Brunnen auf dem verlassenen Gelände für das perfekte Versteck. Er erfuhr erst hinterher von dem geplanten Sommercamp. Es muss ihm ganz schön gestunken haben, dass auf einmal lauter Jugendliche hier herumliefen.«

»Hat er darum all diese dämlichen Gruselgeschichten erzählt?«, fragte Fiona. »Um uns vom Spukhaus fernzuhalten?«

»Genau. Aber er hatte wohl nicht damit gerechnet, dass das eure Neugier erst recht anstacheln würde.« Tobias grinste. »Der Plan ist ganz schön nach hinten losgegangen. Die Legende vom Fischermädchen gibt es übrigens wirklich«, fuhr er fort. »Ich habe mich bei einem Heimatforscher erkundigt. Angeblich hat sich vor ungefähr hundert Jahren tatsächlich ein junges Mädchen im Spukhaus umgebracht und soll seitdem als weinender Geist in den Dünen umgehen.«

»Aber die Geistergestalt, die wir gesehen haben, war doch bestimmt nicht echt, oder?«, fragte Mimi. »Haben die Verbrecher die Gruselszene inszeniert, um uns einen Schreck einzujagen?«

Tobias wiegte nachdenklich den Kopf. »Das ist einer der letzten ungeklärten Punkte. Wir sind eigentlich davon ausgegangen, dass Connie Leander den weinenden Geist gespielt hat, aber sie streitet das energisch ab. Und sie hat leider auch ein Alibi für diese Nacht. Sie hat bis in die frühen Morgenstunden mit ihrem Mann in einer örtlichen Diskothek gefeiert.«

Kim runzelte die Stirn. »Aber wer kann es dann gewesen sein? Du willst uns doch nicht etwa erzählen, dass es hier wirklich spukt, oder?« Bei dem Gedanken an das jammervolle Weinen lief ihr selbst am warmen Lagerfeuer ein eiskalter Schauer über den Rücken.

Tobias zuckte mit den Schultern und machte ein ratloses Gesicht. »Wenn ich ganz ehrlich sein soll: Ich weiß es nicht. Vielleicht werden wir nie herausfinden, wer hinter dem Spuk gesteckt hat.« Tobias nahm sich ein Würstchen und biss hinein. »Übrigens muss ich mich leider heute Abend noch von euch verabschieden. Morgen früh werde ich die Verdächtigen nach Hamburg überführen und dort die weiteren Ermittlungen übernehmen. Ihr müsst also die restlichen Ferien ohne mich auskommen.«

Allgemeines Protestgemurmel setzte ein. Tobias hatte sich in seiner kurzen Zeit als Betreuer viele Freunde im Camp gemacht – vor allem der weibliche Teil der Teilnehmer schien seine unverhoffte Abreise ausgesprochen zu bedauern.

»Keine Sorge, ich bin ja auch noch da!«, rief Tatjana. »Und der Surfkurs wird natürlich fortgesetzt. Morgen reist ein Ersatzbetreuer aus Hamburg an, das ist alles schon organisiert.«

Kim sah zu Tobias hinüber und horchte in sich hinein. Zu ihrer Überraschung stellte sie fest, dass sie höchstens ein leichtes Bedauern wegen Tobias' Abreise empfand. Von tiefer Verzweiflung oder unerträglichem Herzschmerz keine Spur. Offenbar hatten sich ihre Gefühle für Tobias im Laufe der aufreibenden Ermittlungen klammheimlich von bedingungsloser Verliebtheit in ganz normale Freundschaft verwandelt. Sie empfand eine tiefe Sympathie für Tobias – aber mehr auch nicht. Er war zwar sehr nett und sah gut aus, doch Kim wusste plötzlich mit absoluter Sicherheit, dass er niemals der perfekte Partner für sie sein würde. Dafür hatten sie viel zu wenig gemeinsam. Außerdem kam er an Michi sowieso nicht heran. Beim Gedanken an Michis sanfte Augen und sein verschmitztes Lächeln wurde Kim ganz warm ums Herz. Sie konnte es plötzlich kaum erwarten, ihn nach den Ferien wiederzusehen. Und gleich morgen würde sie ihm endlich die versprochene Postkarte schreiben – oder noch besser: einen langen

Brief. Wer weiß, vielleicht war es langsam doch an der Zeit, Michi von ihren Gefühlen zu erzählen. Was konnte ihr schon groß passieren? Wenn sie sich eine Abfuhr holte, wusste sie wenigstens, woran sie war. Aber vielleicht würde sich ja auch herausstellen, dass Michi ebenfalls schon lange heimlich in sie verliebt war und sich nur nicht getraut hatte, es ihr zu sagen. Dann würden sie sich in die Arme fallen und endlos küssen …

Kim stieß einen sehnsüchtigen Seufzer aus. Bevor sie weiter von Michi träumen konnte, kamen Klaus und Felix mit drei Tellern voller Würstchen und Kartoffelsalat auf Kim, Franzi und Marie zu.

»Möchtet ihr etwas essen? Ihr habt doch bestimmt einen Mordshunger nach den ganzen Aufregungen, oder?«, fragte Klaus und schenkte Marie ein strahlendes Lächeln.

»Allerdings.« Marie griff nach einem der Teller. »Vielen Dank.«

»Ja, wirklich sehr freundlich von euch.« Franzi nahm Felix ebenfalls einen Teller aus der Hand.

Felix freute sich sichtlich und wollte sich neben Franzi setzen. »Ist hier noch frei?«

Franzi schüttelte den Kopf und antwortete mit zuckersüßer Stimme: »Leider nicht, tut mir wirklich leid. Warum setzt du dich nicht zu Mimi? Sie wartet bestimmt schon sehnsüchtig auf dich.«

»Mimi? Ach, die ist doch total langweilig.«

Felix schnaubte abfällig. »Du bist das einzige Mädchen im Camp, das mich interessiert.«

»Tja, aber leider habe ich nicht das geringste Interesse an dir«, sagte Franzi kühl. »Du bist nämlich bedauerlicherweise nur ein oberflächlicher Aufreißer ohne einen Funken Ehrgefühl. Und mit solchen Typen gebe ich mich nicht ab.«

»Genauso wenig wie ich«, fügte Marie hinzu und sah Klaus, der immer noch erwartungsvoll vor ihr stand, direkt in die Augen. »Also zieht endlich Leine, ihr Idioten, sonst vergeht mir noch der Appetit.«

»Aber die Würstchen könnt ihr gerne hierlassen.« Kim schnappte sich schnell den letzten Teller, bevor Klaus und Felix kehrtmachten und wie zwei begossene Pudel zwischen den Zelten verschwanden.

Franzi kicherte. »Die rücken uns garantiert nicht so bald wieder auf die Pelle.«

»Glaub ich auch nicht.« Marie lächelte zufrieden. »Klaus' Luftmatratze werde ich aber trotzdem bis zum Ende der Ferien behalten. Sie ist echt total bequem. Und eindeutig das Beste an diesem Blödmann.«

Kim biss hungrig in ihr Würstchen. »Wisst ihr was, Leute?«, nuschelte sie mit vollem Mund. »Ab morgen haben wir endlich richtig Ferien! Keine anstrengenden Ermittlungen mehr, sondern nur noch faul in der Sonne liegen und das

Leben in vollen Zügen genießen. Na, wie klingt das?«

»Wie der Himmel auf Erden.« Franzi strahlte und hielt ihr Würstchen hoch. »Auf die besten Ferien aller Zeiten!«

»Auf die besten Ferien aller Zeiten!«, wiederholten Kim und Marie und drei leicht angekohlte Würstchen prallten in der Luft gegeneinander.